Reanimo
Band 3

Gernot Werner Gruber

REANIMO

Die einfachen Erkenntnisse des Herrn Luh,
der nicht mehr Ötzi sein wollte

Band 3

Mit freundlicher Unterstützung der Südtiroler Landesregierung,
Abteilung Deutsche Kultur

Bereits erschienen:
Reanimo | Band 1: Das unendlich komplizierte Leben der Leiche Ötzi
Reanimo | Band 2: Die unglaubliche Reise des Bruder Luh, früher bekannt als Ötzi

Edition Raetia, Bozen 2019
1. Auflage

ISBN 978-88-7283-647-7
ISBN E-Book 978-88-7283-696-5

Grafisches Konzept und Druckvorstufe: Typoplus, Frangart
Coverfotos: Foto Motorrad: hans engbers / Shutterstock.com; Foto Roter Stern: Erik Svoboda / Shutterstock.com; Foto Kalaschnikow: Singulyarra / Shutterstock.com; Nummernschild: Fabrizio Annovi / 123RF.com
Lektorat: Verena Zankl
Korrektur: Helene Dorner

Anregungen an info@raetia.com
Unser gesamtes Programm finden Sie unter www.raetia.com.

Autorenwebsite: www.gernotwernergruber.com

„In Büchern liegt die Seele aller gewesenen Zeit."

Thomas Carlyle

Die handelnden Personen:

Luh / Bruder Luh / Luh An: die ehemalige berühmte Gletscherleiche Ötzi, jetzt wiederbelebt und mit mächtig viel Charisma und Wissen unterwegs. Liebt Nutella.
Charly Weger: ein ehemaliger Bozner Stadtpolizist. Er kann sich nicht mehr genau an sein Leben vor dem Band 1 erinnern, aber er ist der größte Fan und Freund von Luh.
Dimitri: russischer Molekularbiologe, gemeinsam mit dem Pathologen hat er Ötzi wiederbelebt, schwört auf Wodka in jeder Lebenssituation. Hat eine wilde Vergangenheit als Agent und Rotarmist.
Der Pathologe: ehemaliger Leibarzt von Ötzi, gemeinsam mit Dimitri hat er Ötzi wiederbelebt, hätte gerne seine Ruhe, aber das kann er vergessen, denn er fühlt sich natürlich verantwortlich für seinen Eismann.
Die Direktorin des Museums für Archäologie hat durch die Wiederbelebung des Ötzi natürlich heftige Mangelerscheinungen, weil ihr das zentrale Ausstellungsobjekt fehlt. Sie kompensiert es mit einer Sinnsuche und einer konkreten Suche nach der Gletscherleiche, die ihr immer wieder entwischt.
Die Kommissarin Gambalunga war für die Aufklärung des Diebstahls der Exponate im Museum für Archäologie zuständig und geriet in Band 1 zwischen die Medien- und Geheimdienstfronten, was ihr einen nicht unwesentlichen Karriereknick versetzte.
Der Journalist glaubt, dass es mehr gibt zwischen Himmel und Erde als das, was uns die Mächtigen da vorgaukeln, und er dazu berufen ist, dieses ans Licht zu bringen. Um jeden Preis.
Der Brite: ein Privatier, der Ötzi bei dessen ersten Wellnessurlaub kennenlernte. Seither würde er alles für ihn tun – was ihm leicht fällt, weil er unendlich reich ist.

Teil 1:

finden

1 Karma Lounge

Es war an jenem Tag, als Charly Weger beschlossen hatte, über den Jordan zu gehen. So allein, wie er in letzter Zeit gewesen war, konnte es einfach nicht mehr weitergehen.

Der Pathologe saß bei seinem siebten Glas Wein im Karma Lounge Café und hatte das unbestimmte Gefühl, dass jetzt wohl bald was passieren müsse. Etwas Einschneidendes. Dimitri hatte sich seit Wochen nicht mehr gemeldet, mehr noch: Er hatte nicht reagiert auf die vielen Versuche, Kontakt aufzunehmen. Der Brite war sowieso von der Bildfläche verschwunden. Also wog der Pathologe ab, ob er nicht doch die Direktorin anrufen sollte. Das machte er dann auch. Ganz spontan.

Aber leider ging sie nicht an ihr Handy. Und das wurmte ihn. Gerade heute, auf den Tag genau drei Monate nachdem Luh von irgendwelchen Regierungsleuten gekidnappt worden war.

„Drei Monate", sagte der Pathologe vor sich hin und schüttelte den Kopf. So viel Zeit war vergangen, seit sie mitten in einem Abendessen allesamt betäubt und überwältigt worden waren.

„Und der Heilige Vater war auch dabei! Sogar den haben sie – gemeinsam mit mir – mit Gas betäubt!", rief der Pathologe zum Nebentisch, wo einige Männer saßen, die ihn schon öfter gesehen hatten in letzter Zeit. Schon öfter *so* gesehen hatten. In dieser Lebensstrandgutsammelstelle, die als Bar getarnt war, an einer der Ausfallstraßen Bozens.

Einer der Männer grinste den Pathologen an, drehte sich dann zum Barmann um mit den Worten: „Geh, bring ihm noch ein Glas, er ist verwirrt."

Mit mürrischem Gebrummel reagierte der Pathologe auf den Kommentar und winkte dem Wirt mit dem Zeigefinger ab: „Genug für heute."

Die Aktion des Tischnachbarn weckte seinen inneren Schweineengel, der ihn zu mehr Contenance mahnte. Vielleicht waren es aber auch die Götter, an die er zwar nicht glaubte, die dafür aber umso mehr am Himmel rumorten. Selbst der Wirt unterbrach seinen gelangweilten Blick für eine Wetterdurchsage. Statt eines Gewitters brummte jedoch am Gehsteig vor der Bar eine Ural Dnepr Baujahr '69, an deren Beiwagen ein Vatikanstadtkennzeichen geschraubt war. Der Fahrer stellte den Motor ab und kam zur Tür herein. Mit einer großen Gletscherbrille und einem Kaska SSH auf dem Kopf. Erst als er den Militärhelm abnahm und auf den Tisch des Pathologen knallte, nahm dieser ihn wahr.

„Was saufst du?", fragte der Russe wie in einem Verhör. Der Pathologe strahlte ihn voller Wut an, während sich in seinen Augen Freudentränen sammelten. Er war sprachlos.

Dimitri hatte hingegen mehr zu erzählen. Davon, dass die letzten Wochen reinster Stress gewesen waren.

„So rein wie Wodka", präzisierte er. Diese Erkenntnis bremste seinen Erzählfluss, weil es das Stichwort für etwas Interaktion mit dem Wirt war. Dimitri streckte zwei Finger in die Höhe, so als ob er einen Sieg zu markieren hätte. Was darauf folgte, war ein langes Lamento über seine lange „Unterwegsigkeit", die er nun satt habe. Wobei – wie er zu bedenken gab – die Sache nun wohl erst wieder richtig losgehe. Die Details müsse man aber anderswo besprechen. Wo mehr „Privacy" herrsche. Damit spielte er in einer für seine Verhältnisse extremen Eleganz auf die Tatsache an, dass alle Gespräche in der Bar auffällig lautem Lauschen gewichen waren.

„Wo warst du? Warum hast du dich nicht gemeldet?", warf der Pathologe dem russischen Molekularbiologen vor, als ob die beiden verheiratet wären.

„Du sagst das, als ob du Frau von mir bist", lachte auch Dimitri. „War hier und da", legte er dann zur Beruhigung nach.

Das Gespräch kam – aufgrund von Dimitris Unwillen, Genaueres zu erzählen – natürlich auf den Rest der Freunde: Die Sorge um Charly Weger, den ehemaligen Stadtpolizisten, machte beide etwas nachdenklich. Drei Monate verschollen zu sein, irgendwo in Palästina, sind eine lange Zeit für jemanden wie Charly, der kein besonderes Talent für Orientierung besaß. Zudem hatte er keine Spur von Erinnerungsvermögen mehr, was in der Kombination durchaus als problematisch einzustufen war. Über diese Tatsache herrschte seltene Einigkeit bei dem Pathologen und dem Molekularbiologen.

Indes war auch Charly Weger selbst dieser Meinung über seine Orientierungsfähigkeiten, als er ziemlich genau in der Mitte des Flusses Jordan stand. Nur floss da gar nichts um ihn. Allein der eine oder andere Schweißtropfen suchte sich im Namen der Gravitation einen Weg mitten durch seine beiden Gesäßhügel. Rund um ihn herum war nur flacher Sand.

Also entschied Charly doch wieder in die andere Richtung zu gehen als in jene, in die er vorgehabt hatte zu gehen.

„Wo der wohl hingeraten ist?", seufzte einige Tausend Kilometer entfernt sein Freund, der Pathologe.

„Der Brite wird ihn finden." Zuversichtlich hob Dimitri dem staunenden Pathologen sein Glas entgegen.

Das Quäntchen Hoffnung tränkten beide mit dem letzten Wodka für heute. Dann beschloss man, sich in das Wohnhaus des Pathologen zurückzuziehen. Der Pathologe setzte sich widerwillig, aber schließlich doch in den Beiwagen, und wenig später erreichten die zwei das gemütliche Heim des ehemals nicht minder gemütlichen Pathologen im Ruhestand.

Dimitri schnallte eine Blechkiste vom Motorrad, die er, kaum in der Wohnung angekommen, entfaltete. Er drückte ein paar Knöpfe, und das Gerät piepste kurz, was er mit einem schelmischen Grinsen quittierte.

Der Pathologe schaute dem Treiben mit einer Frage zu, die als Feststellung getarnt war: „Ich frage nicht, was das soll."

Dimitri gab ein Handzeichen, das zur Ruhe ermahnte, schien eine weitere halbe Minute zu lauschen, schaute auf seine Uhr, um dann entspannt loszulachen. „Jetzt haben wir mindestens zwei taube Agenten mehr auf Welt."

Der Pathologe war nicht sicher, richtig verstanden zu haben, und hakte die Sache als typisch Dimitri ab.

„Also", sagte der Russe darauf, „willst du jetzt oder morgen früh backen?"

„Wieso backen?"

„Ja backen halt."

„Kekse?

„Nein, Sachen."

„Was für Sachen?" Das Gesicht des Pathologen formte ein Häh.

„Deine."

Das Häh blieb aufrecht.

„Zahnburste, Unterhossen und alles Sachen halt." Dimitri wusste zwar, dass der Pathologe keinen Alkohol vertrug, aber dass es so schlimm war, hatte er nicht geahnt.

Als der Pathologe erkannte, dass er wieder einmal ein Opfer von Dimitris Sprachunschärfe im Deutschen geworden war, vergewisserte er sich kurz, ob man nun reden könne. Dimitri nickte gelassen.

„Also was ist dein, nein, unser Plan? Und wo geht die Reise hin?"

„Lass uns setzen!", forderte Dimitri auf und ließ sich auf das Sofa fallen. Der Pathologe nahm eine Flasche Rotwein und zwei Gläser aus dem Bücherregal und setzte sich dazu.

„Wir fahren in unser Hauptquartier. Wir haben endlich Spur, wo sie Ottsimann hingebracht haben …" Dimitri hatte keine Chance weiterzureden.

„Wo ist er? Wo haben die Schweine ihn hingebracht?"

„Beruhige dich!", der Russe unterstrich seine Botschaft, indem er dem Pathologen ordentlich nachschenkte. „In einem ehemaligen Rijks-Nervenanstalt in hollandischer Pampa. Mussen aber noch verifizzerieren oder wie heißt."

„Und? Geht's ihm gut?"

„Gehe davon aus, wenn sie schon so Riesenanlage absperren nur fur ihn."

„Und wo ist unser Hauptquartier? Und wer ist noch mit *wir* gemeint?" Der Pathologe konnte Atmen und Reden nicht mehr voneinander trennen.

„Wir werden alle ublichen Freunde zusammenbringen. Sind eh alle im Diplomatenstatus von Vatikan. So wie wir beide. Das schutzt uns. Was glaubst du, wieso wir frei rumlaufen durfen? Der Franzikus ist ein Goldstuck. Und wenn mein toter Vater – war Busenfreund von Josip Stalin – wusste …" Dimitri verlor sich in einem diabolischen Lachen ob seiner frischen Vatikanstaatsbürgerschaft.

Sein Gegenüber jedoch drängte nach Antworten. Dimitri seinerseits wollte ins Bett und kündigte an, auf der langen Reise Genaueres zu erzählen.

Der Pathologe schlief aus vielerlei Gründen schlecht in dieser Nacht. Kaum hingelegt, waren heftige Träume da, die mit Dimitris Wiederauftauchen auf ihn einwirkten wie Immunglobuline auf kranke Zellen. In seinem Schädel, knapp innerhalb der Großhirnrinde, sprühte Acetylcholin unkontrolliert durch die Windungen. Der Neurotransmitter kramte Bilder hervor von den Tagen, als er mit Dimitri in diesem Berggasthaus den Eismann regeneriert hatte. Nach wochenlanger Schwerstarbeit im improvisierten Labor mit Stammzellenpräparaten und der Angst, ein Wunder oder einen Albtraum zu schaffen, war da plötzlich Luh gewesen. Der Mann aus dem Eis, die Gletscherleiche. Wilde Verfolgungsjagden mit Geheimdiensten und durchtriebenen Medienleuten. Und dann dieser schreckliche Absturz, der Überfall, die Entführung seines Freundes. Wahrscheinlich des ersten und einzigen, außer Dimitri.

Schweißgebadet schreckte der Pathologe hoch, als Dimitri an seine Zimmertür trommelte.

„Komm frühstucken! Dann bitte back schnell. Mussen los. Andere warten!"

Mit seinem Standardgemurmel bestätigte der Pathologe seine Bereitschaft, den Anweisungen des Russen zu folgen.

Eine Tasche mit wenigen wichtigen Habseligkeiten war rasch gepackt. Kaum eine Viertelstunde später erschien er am Frühstückstisch, der für Dimitris Verhältnisse üppig gedeckt war. Nebst Kaffee mit einem Schuss Wodka hatte der Russe sogar vier Spiegeleier mit Speck bereitet. Der Pathologe kam nicht aus dem Staunen heraus. Trotzdem wich seine Bewunderung bald seiner Neugier.

„Wer sind die anderen?"

Dimitri spuckte ihm etwas Eiweiß entgegen, blieb aber die Antwort schuldig. Er schien nicht zu verstehen.

„Du hast vorher gesagt, die anderen würden warten." Blieb der Pathologe hart.

„Ja genau, die warten."

Der Pathologe wartete nach jeder Kaubewegung des Russen auf eine Präzisierung. Dimitri aber konzentrierte sich weiter nur auf sein Frühstück. Bis dem friedlichsten Pathologen im Ruhestand – entlang des 46. Breitengrades und wahrscheinlich auch des elften Längengrades – der Kragen platzte. Was sich durch ein spontanes, einmaliges, mit der Faust ausgeführtes Hämmern auf den Tisch äußerte.

Da der Pathologe seine Gabel noch nicht in die Hand genommen hatte, um an seine Spiegeleier zu gehen, mutierte der manuelle Ordnungsruf zu einem veritablen Malheur. Die Faust traf blöderweise das kurze Ende der Gabel, jenseits der Biegung selbiger. Die physikalischen Gegebenheiten auf dem Planeten Erde mit dem Gesetz der Hebelwirkung führten ihre bestechende Wirkung vor. Bestechend dargelegt an Dimitris Stirn.

Der Russe saß da wie ein verstörtes Einhorn und schielte auf sein silberfarbenes Edelstahlhorn. Bis der erste Blutstropfen zwischen seinen Augen über die Nase rann. Das animierte den Russen, die Gabel aus seiner Stirn zu ziehen und mit kräftig viel Wodka zu desinfizieren: lokal und oral. Nach einigen weniger schönen Worten zur allgemeinen aktuellen Situation wandte dieser sich an den Pathologen und machte ihn darauf aufmerksam, dass er nun wohl eine Flasche Wodka gut habe. Mit offenem Mund und Schockstarre, die lediglich durch zustimmendes Nicken kurz unterbrochen wurde, saß der Pathologe da, bis ihn schließlich sein innerer Hippokrates um den Verbandskasten schickte.

Kurz darauf verließen ein immer noch flattriger Pathologe und der russische Molekularbiologe im Ruhestand mit Pflaster auf der Stirn das Wohngebäude.

Im Haus gegenüber klickte eine Kamera, und der Beamte, der den Zoom bediente, erkannte auf Dimitris Stirn den Schriftzug ACAB, die Abkürzung für All Cops Are Bastards.

2 Die Splittergruppen

„Bastardi maledetti! Tutti voi!", schrie Valeria Gambalunga, die ehemals leitende Kommissarin, zum wahrscheinlich hundertsten Mal an diesem Tag. Wobei dieser Tag ein Tag war, der jenem der Zusammenkunft Dimitris und des Pathologen einiges voraushatte. Genauer gesagt fünf Tage. Was an dieser Stelle sinnvoll anzumerken ist, da solche Nebensächlichkeiten nicht die ungeteilte Aufmerksamkeit des Autors genießen.

Gambalunga ihrerseits hatte alles Zeitgefühl verloren, seit jenem Tag, an dem sie Luh ihre Gefühle gestanden hatte. Kaum dass dies geschehen war, waren diese Männer erschienen und hatten den Angebeteten entführt. Seit dieser Zeit belagerte sie in der italienischen Hauptstadt abwechselnd den Senat, den Sitz des Ministerpräsidenten und jenen des Staatspräsidenten mit der Forderung, man möge Luh An, den Gletschermann, den Mann aus dem Eis oder wie man sonst noch Ötzi nannte, freilassen. Bisher aber ohne Erfolg.

Und nun legte sie sich immer wieder mit ihren Exkollegen von der Polizei an. Genau an jene war die Botschaft mit den verfluchten Bastarden gerichtet. Sie waren wieder mal gut ausgerüstet anmarschiert, um sie loszumachen von einem Gitter, an das sie sich gekettet hatte. Das bedeutete wieder das Ende für ihren Hungerstreik, weil diese Arschlöcher sie dann ins Krankenhaus brachten, wo sie wieder zwangsernährt wurde. Diese staatliche Willkür musste sie mehrmals über sich ergehen lassen, obwohl sie einen Vatikandiplomatenpass hatte.

Nur diesmal kam alles anders. Die Polizisten lösten sie mittels Bolzenschneider vom Gitter und trugen sie zu viert über den Platz zu einem Krankenwagen. Der Sanitäter, der nicht sehr routiniert war, spritzte das Beruhigungsmittel in dreifacher Dosis dem begleitenden Beamten statt ihr. Als der nicht mehr ganz junge Sanitäter sich dann auch noch auf Russisch mit dem Fahrer unterhielt, begannen Gambalungas Augen zu leuchten. Sie begrüßte Dimitri herzlich.

Statt des obligaten Krankenhausaufenthalts wurde Gambalunga an einen geheimen Ort gebracht. Wo sie aufgepäppelt werden sollte und sich freute, auch den Journalisten wiederzusehen.

Dem wiederum gefiel die Tatsache ganz und gar nicht, abgeschirmt von der Welt zu sein. Da waren ihm die vergangenen Monate eindeutig lieber gewesen. Zumal der Vatikandiplomatenstatus besser schützte als jede Berufshaftpflichtversicherung. Die brauchte er im Zuge seiner Karriere immer wieder, da er es zum einen liebte, klagefreudigen Wichtigtuern ans Bein zu pinkeln, und zum anderen er der Recherche und Beweisfindung weit weniger Bedeutung zumaß als seiner geistig-kombinatorischen Aufdeckerfantasien. Wie im konkreten Fall der wiederbelebten Gletscherleiche, welche während eines Jerusalemaufenthaltes trotz der Anwesenheit des Heiligen Vaters von dubiosen Kräften entführt worden war. Hier steckten nicht nur ansatzweise, sondern vielmehr tonnenweise Belege für den Wahrheitsgehalt nahezu aller Verschwörungstheorien, die er in den letzten 30 Jahren gehört hatte. Das machte ihn misstrauisch. Was er als geistige und körperliche Hochphase empfand.

Gambalungas verzweifelte Versuche, öffentlichen Druck auf die politischen Entscheidungsträger auszuüben, quittierte der Journalist mit einem müden Grinsen, obwohl sie immer wieder willkommener Anlass waren, um seine Theorien über die internationale Koalition der Feinde des Eismannes darzulegen.

Als er Valeria Gambalunga an diesem Morgen in dem heruntergekommenen Hotel entdeckte, in dem er bisher der einzige Gast zu sein schien, der von schwarz bekleideten Herren bewacht wurde, war ihm klar, dass es ihnen nun wohl trotz Vatikanschutz an den Kragen ging. Er hatte leider nicht denselben Wissensstand wie Gambalunga, nämlich dass Dimitri die Hände im Spiel hatte.

Das kam daher, dass der Russe dem Journalisten nach wie vor kein bisschen über den Weg traute. Zudem hatte Dimitri auch keine Lust auf Grundsatzdiskussionen gehabt und den Journalisten präventiv durch einen präparierten Joint betäubt, den er in seinem Schreibtisch hinterlegt hatte. Das hatte den Abtransport des Späthippies einfacher gemacht.

Der Journalist begrüßte Gambalunga überschwänglich und er begann zu flüstern: „Wir müssen uns darauf einigen, was wir in den Verhören sagen."

Gambalunga verstand nicht und blickte dementsprechend in das Gesicht des Journalisten, das gerade versuchte, sich eine Spontan-Aura wachsen zu lassen. Einen Ausdruck, dem man ansah, dass er seinem Gegner nur scheinbar die Siegerpose überließ.

„Was glaubst du denn, warum die uns entführt haben?", flüsterte er jetzt noch leiser in das Ohr der weiterhin verstörten Exkommissarin der italienischen Staatspolizei.

Der kleine Versuch einer Konspiration wurde von einem der vermeintlichen Aufpasser vereitelt, der sich mit seinen weißen Handschuhen vor die beiden hinstellte und sie in den Salon zum Frühstück bat. In einem sauberen Deutsch, wenn auch mit englischem Akzent. Der Journalist folgte, leicht verstört, seiner Schicksalsgenossin, die gespannt dem Diener nachlief.

Im Salon stand in der Mitte ein reich gedeckter Tisch, an dem bereits die Direktorin des Archäologiemuseums der Südtiroler Landeshauptstadt saß, welches einst stolze Ausstellungsstätte der 5.300 Jahre alten Gletschermumie gewesen war. Die jedoch ein Jahr zuvor von zwei pensionierten Wissenschaftlern entwendet und mittels geklonter Stammzellen regeneriert und schließlich durch Zufall wiederbelebt wurde.

Darum fühlte sich die Direktorin auch seit einem Jahr wie gerade eben: allein. Furchtbar allein. Vor allem in den letzten drei Monaten seit den Ereignissen in Jerusalem, wo sie mit ihren Weggefährten zunächst von einigen bewaffneten Männern festgehalten worden war, bis die Sicherheitsleute des Vatikans das Kommando übernahmen und alle außer dem entführten Eismann nach Rom ausgeflogen wurden. Dort waren sie der Reihe nach verschwunden, und es gab kaum mehr Kontakt untereinander.

Bis vor einem Tag. An dem ihr sonst so artiger Hund beim Gassigehen plötzlich im Park im Gebüsch verschwunden und nicht mehr herausgekommen war, trotz all ihrer Pfiffe und Rufe. Was sie schließlich veranlasste, nachzusehen. Ihre Suche hatte mit ihrem Kopf in einem Sack geendet, der nach Wodka roch. Aufgewacht ist sie dann in diesem Hotel und wurde zum Frühstück gebeten.

Und dann standen sie plötzlich da, der Journalist und die ehemalige Kommissarin. Vor ihr am Frühstückstisch. Da beide ziemlich hungrig waren – vor allem Gambalunga –, setzten sie sich und vertieften sich in eine Erstverkostung der wunderbaren Lebensmittel am Tisch. Kaum hatte der Journalist seinen Mund vollgestopft, versuchte er es auch schon mit Fragen.

„Wie seid ihr hergekommen? Ich weiß nämlich gar nichts. Ich bin gemütlich zu Hause auf dem Sofa gesessen, und dann bin ich hier in Zimmer 107 aufgewacht."

Die Direktorin bekam große Augen und erzählte von ihrem Abtauchen in einer Hecke im Park und dem Aufwachen in Zimmer 108, mit ihrem Hund.

„Haben sie dir auch gesagt, dass wir das Hotel nur bis in den Vorgarten verlassen dürfen?", unterbrach sie der Journalist.

„Und nur in Begleitung!", bestätigte die Direktorin.

Gambalunga warf noch ein: „Ja, und wir sollen uns ein paar Tage entspannen und erholen, denn es komme viel Arbeit auf uns zu! Ich habe übrigens Zimmer 109."

Nach etwas gemeinsam befundener Ratlosigkeit konzentrierten sich die drei wieder auf ihr Frühstück. Bis der Journalist aufstand, sich an die große Verandatür stellte, die bis unter die hohe Decke reichte und fast komplett verglast war. Von dort hatte man einen wunderbaren Blick auf den großen Park, der mit riesigen Platanen und einer Mauer umrandet war. Eine gepflegte Wiese führte bis an einen großen See, an dem das Hotel einen eigenen Steg hatte. Das nahm der Journalist zwar wahr, verstieg sich aber gedanklich und noch mehr rhetorisch in einige unausgereifte Theorien über die nahenden Ereignisse.

Während er so vor sich hin dozierte, kümmerte Gambalunga sich um ihren Zuckerhaushalt, bis sie schließlich ganz gelassen fragte, ob jemand der anderen Dimitri heute schon gesehen habe.

Der Journalist schaute sie entgeistert an. Bei der Direktorin sausten die Erinnerung an diesen Wodkageruch im Stoffsack durch den olfaktorischen Apparat und ein Verdacht durch die Großhirnrinde. Aber wie so oft im Leben kam auch hier die erste Feststellung von dem, der gar nichts verstand: „Er wurde also ebenfalls entführt."

Gambalunga schüttelte den Kopf und vermutete, dass er das vielmehr alles organisiert habe, was dem Journalisten seinen dümmsten Ausdruck zwischen seine Ohren hängte. Als er fertig war mit dem Blödschauen, rannte er zu einem der immer noch anwesenden Herren in Schwarz und schrie ihm ins Gesicht: „Ist Dimitri euer Boss?"

Der Mann machte keine Regung, außer einer kleinen Bemerkung mit leichter ukrainischer Färbung: „Noch Kaffee?"

Der Journalist wiederholte seine Frage.

Der Ukrainer meinte: „Noch Brot?"

Also schrie der Journalist die Frage ein drittes Mal.

„Obst?"

Der Journalist drehte fast durch: „Ich will jetzt wissen, wo er ist!"

Genau genommen wusste auch Dimitri nur ungefähr, wo er war. Jedenfalls in einem Tunnel nördlich von Bozen. Er hatte das Licht seiner Ural abgedreht, und da zufällig jemand an der Tunnelbeleuchtung hantiert hatte, war es extrem dunkel. Kein leichtes Spiel für seine Verfolger.

Aber der Moment war gekommen. Dimitri überholte zwei Traktoren mit breiten Heuladern im Schlepptau. Direkt nach ihm setzte auch der hintere Traktor zum Überholen an. Beide Traktoren wurden langsamer, was den dunklen Alfa Romeo dahinter ausbremste.

Der Observierungsbeamte am Steuer haute auf die Hupe.

Das Autogeheul zauberte ein Grinsen in Dimitris Gesicht. Er fuhr entspannt hinter einem Lieferwagen her, der hinter einer Kurve im Tunnel, außer Sichtweite der nervlich am

Ende stehenden Beamten im Alfa, eine Ladeluke hinten am Wagen öffnete. Diese senkte sich bis auf Bodenniveau, und Dimitri lenkte seine Ural samt Beiwagen und dem vor Angst japsenden Pathologen in das Innere des Lieferwagens. Als sich die Ladeluke wieder schloss, stellte Dimitri den Motor der Ural ab, klopfte an die Trennwand zur Fahrerkabine und schrie: „Поехали! Poechali, los!"

Der Fahrer tat wie ihm befohlen und schaltete die Soundanlage auf volle Lautstärke.

Dimitri und der Fahrer grölten *Back in the U.S.S.R.* von den Beatles mit.

> Flew in from Miami Beach B.O.A.C.
> Didn't get to bed last night
> On the way the paper bag was on my knee
> Man, I had a dreadful flight
>
> I'm back in the U.S.S.R.
> You don't know how lucky you are, boy
> Back in the U.S.S.R. (Yeah!)
>
> Been away so long, I hardly knew the place
> Gee, it's good to be back home
> Leave it till tomorrow to unpack my case
> Honey, disconnect the phone
>
> I'm back in the U.S.S.R.
> You don't know how lucky you are, boy
> Back in the U.S.
> Back in the U.S.
> Back in the U.S.S.R.

Nach der zweiten Strophe war auch der Pathologe wieder ruhig genug und sang den Part des Chorus – „uuuuhhhhh!" – in einer sagenhaften Kopfstimme.

3 Luhanamo

Diese Stimmen im Kopf machten Luh fast wahnsinnig. Die ersten Wochen, als sie ihn unter Quarantäne gestellt hatten und unzählige Untersuchungen an ihm durchführten, jene Zeit war schlimm gewesen. Diese endlosen Befragungen ließen seinem Kopf kaum einen Moment der Ruhe. Bei den Untersuchungen entnahmen sie ihm immer wieder Lebenssaft. Dabei stachen sie ihm in den Arm und befüllten kleine Behälter damit. Das machte ihn müde und schwach. Aber das schien ihre Strategie zu sein. Sie wollten ihn schwach. Das bestätigte sich auch mit diesen Befragungen.

Die Menschen stellten sich immer wieder als Wissenschaftler vor. Aber das Niveau ihrer Fragen zeigte Luh, dass sie sehr dumm waren. Sonst würden sie nie solche einfachen Dinge fragen: wie man sich damals ernährt habe, wie oft und so weiter.

Sie wollten ihn schwach, weil sie im Grunde Angst vor ihm hatten. Das wusste Luh nun. Aber langsam hatte er das Gefühl, dass diese Stimmen im Kopf auch die Sorgen seiner Freunde um ihn waren. Das konnte nur bedeuten, dass sie unterwegs zu ihm waren.

Das schenkte Luh Kraft und er begann seine Situation genauer zu betrachten. Wenn sie kommen würden, um ihn hier rauszuholen, musste er bereit sein. Er war es, der diesen Ort besser kennen musste als jene, die von außen kamen. Und er musste sich in die Köpfe seiner Bewacher denken.

So wie damals musste er verstehen, was die anderen vorhatten. Dann konnte er ihnen voraus sein. Das war dann nicht mehr das Dunkel der Ungewissheit, sondern das Licht der Kraft. Und die war schon immer sein Eigen gewesen.

Denn er war Luh An. Der erleuchtete Mann. Viel länger schon als diese Kurzlebigen um ihn.

Ja, an diesem Morgen war Luh so stark, dass er einforderte, hinaus an die Luft zu gehen. Er wollte die Sonne sehen. Den Himmel. Und nach einer langen Besprechung des Sicherheitsstabs und des Wissenschaftsstabs gewährte man ihm einen Hofgang für eine halbe Stunde.

Ein kurzes Zeitfenster hinaus in eine Welt, die Luh nicht kannte. Das spürte er sofort. Was fehlte, waren die Berge. Auch das Licht war nicht seines. So als sei hier die Erde anders gegen die Sonne geneigt. Mit tiefen Falten auf der Stirn blickte er in die Runde und lauschte mit seinem Hörsinn, der so viel besser war als jener der Menschen heute. Er vernahm ein großes Wasser nicht weit von hier. Das seltsame Kreischen von noch seltsameren Vögeln. Dann roch es auch noch so anders als in seinen Bergen. Jenseits des hohen Zaunes, der alles umgab, waren die Felder endlos. Blumenfelder. Alle gleich, so weit Luhs Auge reichte. „Sie haben mich weit weggebracht", war der einzige Gedanke, der sein Hören und Riechen begleitete. So lange, bis er wieder ins Haus zurückmusste.

Kaum wieder in seinem Zimmer, bekam der Mann aus dem Eis seinen Nachmittagsbesuch. An jenem Tag war es der Ethnologe, den er Tage zuvor kennengelernt hatte. Bei dem ersten Treffen hatte Luh nicht mit diesem Menschen gesprochen. Er hatte einfach keine Lust dazu gehabt. Heute beschloss er jedoch zu sprechen oder, besser noch, ihm selbst Fragen zu stellen.

„Was bist du für Wissenschaftler?"

Der Gast sah ihn an mit einem aufgesetzten Grinsen: „Hallo erst mal. Nun, ich bin Ethnologe. Das bedeutet, ich beschäftige mich mit Ethnologie."

Ötzi blickte den Mann mit starrem Blick und weit geöffneten Augen an. Dabei senkte er den Kopf, so als würde er zum Nicken ansetzen. Und er wartete auf eine Erklärung. Sein Gegenüber verstand, dass er nachzuliefern habe.

„Die Ethnologie – Sie erlauben, dass ich aus einem Buch von mir zitiere – ist die Wissenschaft vom kulturell Fremden."

„Wer ist *Sie*?", wollte Luh wissen.

„Die Fremde, meinen Sie?"

„Du meinst *Fremde Sie*?", bestätigte der Eismann.

„Nun, im Deutschen verwenden wir das Neutrum: das Fremde." Der Ethnologe grinste fürchterlich.

„Wieso sprichst du von *Sie*?"

„Ach so, nein! Das war an *Sie* gerichtet."

„Wem *Sie*?"

„Na, also dich. Ist die Höflichkeitsform. Wir sprechen im Deutschen mit jemandem, mit dem wir nicht Freund sind, in der dritten Person."

Der Eismann stand auf, schnaubte kurz und stellte sich breitbeinig hin: „Ich werde nicht mehr mit dir sprechen: Du nennst mich *Weib*, bist nicht mein Freund, und in meiner Zeit haben wir von *Ihnen* und *Sie* gesprochen, wenn wir von Toten geredet haben."

Der Ethnologe stotterte ein „Entschuldigung" und sank in seinen Stuhl. All seine Versuche an diesem Tag, den Eismann wieder in ein Gespräch zu verwickeln, liefen ins Leere. Luh An konnte gnadenlos sein. Also schloss der Ethnologe die Tür hinter sich. Er versuchte das so leise wie möglich zu tun.

4 Die Entität

Dimitri hatte wohl noch nie in seinem Leben eine Tür leise geöffnet. So war es auch in diesem Moment. Die drei Hotelinsassen im gelben Salon fuhren vor Schreck von ihren Sesseln hoch, freuten sich aber trotzdem über den überraschenden Besuch an diesem sonst eher langweiligen Vormittag.

Mit etwas Abstand watschelte der Pathologe hinter Dimitri zur Tür herein. Er trug immer noch einen zum Motorradhelm umfunktionierten russischen Kaska aus Dimitris Rotarmeebestand. Erst auf den zweiten Blick erkannten ihn die Direktorin, der Journalist und die Excommissaria. Der Pathologe war so gerührt, dass er erst merkte, dass er den Helm noch trug, als er versuchte, die Direktorin zu umarmen.

Da der Journalist trotz seiner sonst so zur Schau gestellten Lockerheit wieder einmal an seine empathischen Grenzen stieß, stellte er fest: „Ihr also auch hier." Dabei grinste er seine Kinnbehaarung in einem 120-Grad-Winkel an.

„Ja", antwortete der Pathologe erleichtert.

Dimitri zog seinen Flachmann und feierte in einer kleinen Einmannrunde die glückliche Zusammenkunft.

Nach dem gegenseitigen Erkunden zum Befinden und der obligaten Frage, seit wann man denn hier sei, war es die Direktorin, welche die wohl für alle wichtigste Frage stellte: „Was ist unser Plan?"

Die Direktorin sah den Pathologen an. Der Pathologe sah Dimitri an. Also sah auch die Direktorin Dimitri an. Da der Journalist den Blickwechsel der Direktorin bemerkte, blickte auch er in das Gesicht des Russen. Gambalunga schaute da hin, wo alle hinschauten.

Dimitri genoss diese Aufmerksamkeit. „Wir sind noch nicht ganzzahlig, oder wie sagt man?"

„Voll", erklärte der Pathologe.

„Das sowieso nicht", meinte Dimitri, samt einem Riesenschluck aus dem Flachmann.

„Kommt etwa Franziskus auch noch?", wollte der Journalist nahezu andächtig wissen.

Dimitris Grinsen querte ein bestens gelaunter Brite, der den Raum betrat mit einer Präzisierung zur Tatsache, nicht wirklich gläubig und, wenn schon, dann kein bisschen katholisch zu sein, und aus diesem Grunde, sowie der einen oder anderen sexuellen Neigung wegen, nicht als Papst geeignet zu sein. Alles lachte.

„Keine blöden Witze bitte über meinen Chef."

Ein nicht sehr großgewachsener, dafür umso drahtigerer Mann, wie man das von Extremsportlern kennt, mit einem mehr als eindeutig schweizerischen Akzent, stand er da.

„Wüthrich, Pirmin Wüthrich, bitte ebenso keine Witze über meinen Nachnamen, die sind alle schon gemacht."

Kaum gesagt, lagen sich der Schweizer und der Russe auch schon in den Armen. Es war vor Jahrzehnten, als die zwei beruflich miteinander zu tun gehabt hatten. Erst seit Wochen hatten sie auf Geheiß ihrer Heiligkeit wieder Kontakt zueinander. Und das Wiedersehen trieb den beiden harten Männern Tränen in die Augen.

Pirmin Wüthrich hieß erstens wirklich so und war zweitens der geheimste Geheimdienstchef der Entität. Manche nennen sie auch La Santa Alleanza, den Vatikannachrichtendienst, der von allen Päpsten und sonstigen Vatikanvertretern verleugnet wird.

Jedenfalls hatte Pirmin, der eigentlich aus reiner Familientradition der Wüthrichs als Erstgeborener bei der Schweizer Garde anheuern wollte, einen Studienplatz im Collegium Russicum der Jesuiten erhalten. Samt dem wohlwollenden Druck des Schweizer Erzbischofs und nur deswegen, weil er im Suff der Jungbürgerfeier in Innerrhoden eine Wette platziert hatte, dass er – falls er bei der Schweizer Garde angenommen würde – in weniger als einer Woche zu Fuß nach Rom gehen könnte. Das hatte das vatikanische Empfangskomitee und das Schweizer Einmusterungskomitee dermaßen beeindruckt, dass er den besagten Platz im Priesterseminar erhalten hatte. Wie alle dort, ließ Pirmin sich einen langen orthodoxen Bart wachsen und sprach nur mehr Russisch mit seinen Kollegen. Nach Abschluss einer Spezialausbildung, die jener des Dimitri um nichts nachstand, war er in Moskau im Einsatz gewesen. Per Fallschirm landete er mitten im Ostblock, aus einer Cessna eines verwirrten deutschen Nerds, der aus unerklärlichen Gründen am Roten Platz in Moskau aufsetzen wollte. Auf einer seiner Missionen hatte Pirmin Dimitri kennengelernt.

„Nun zu Ihrer Frage: Nein, der Heilige Vater kommt natürlich nicht. Ich bitte Sie in diesem Zusammenhang hinkünftig um einen verstärkten Gebrauch ihres Köpfli, wie wir sagen. Um keine Missverständnisse aufkommen zu lassen: Ihres Denkorgans oder dessen, was Ihr Lebenswandel davon übrig gelassen hat. Wir müssen unsere Operation Eisschmelze in absoluter Diskretion durchführen. Die Präsenz von Papst Franziskus wäre zwar wünschenswert wegen seines geistigen Beistands und, glauben Sie mir, auch wegen seiner Gewitztheit, aber ein Fehlen in Rom wäre sofort ruchbar."

Pirmin Wüthrich war ein Mann der klaren Worte. Aber auch die Direktorin wollte klare Verhältnisse: „Und unser Verschwinden ist es nicht?"

Pirmin Wüthrich schien vorbereitet auf diese Frage: „Nun, gesamtgesellschaftlich betrachtet tönt das natürlich niemanden dramatisch, dass Sie etwas von der Bildfläche verschwinden. So was nennt sich bei uns in der Schweiz Unterschied oder auch Differenzierungsmerkmal zum Papst. Aber natürlich haben wir auch hier Maßnahmen getroffen. Von Ihnen allen wurden Unmengen von DNA-Spuren gelegt, und die entsprechenden Fotos machen wir heute Nachmittag zum Posten in den sozialen Medien. Der Vatikansprecher ist gebrieft: Sie machen alle eine Pilgerreise auf Geheiß von Franziskus, um für das Seelenheil des Ötzi zu beten. Katholisch oder nicht." Wüthrich machte einen auffälligen Seitenblick zum Briten.

„Und wie gehen wir es an? Die Operation Eisschmelze, die Befreiung von Luh? Wo haben die Schweine ihn eingesperrt?" Gambalunga war wie immer ungeduldig.

Pirmin drehte an seinem Schnurrbart, seine Augen funkelten wie das silberne Edelweiß, das in seinem Ohrläppchen steckte. „Zur ersten Frage: Daran arbeiten wir noch gemeinsam in den nächsten Tagen. Wir haben einen Verdacht, nein, mehr: konkrete Hinweise. Die zu verifizieren, ist eine Frage von wenigen Tagen. Aber entspannen Sie sich, es geht ihm gut. Wenn jemand durch Gottes Hilfe nach 5.300 Jahren wiederaufersteht", – Dimitri und der Pathologe räusperten sich synchron – „dann hält er auch eine Verwahrung durch die EU-Behörden aus."

„Und lang muss er nicht mehr dort bleiben, dafür sorgen wir." Dimitri prostete allen zu. Pirmin nahm ihm den Flachmann ab und kippte den kompletten Inhalt in seinen Rachen.

„Wir sind aber noch nicht alle hier. Ein wichtiges Mitglied unserer Gruppe fehlt noch", sagte der Pathologe traurig.

Und tatsächlich musste Pirmin Wüthrich mit der den Schweizern ureigenen Präzision feststellen, dass der Autor es schlichtweg verabsäumt hatte, die Bergung des Charly Weger in den beiden Kapiteln dieses Buches, welche sich um die Zusammenführung der Freunde kümmern, niederzuschreiben. Das war fast schon Charly-Manier. Also wird es hier nun in aller Ausführlichkeit nachgeholt.

Da Charly Weger in der sengenden Hitze des Westjordanlandes entschieden hatte, doch wieder umzukehren, hatte er Stunden später das Gehöft seiner Gastfamilie erreicht. Allerdings musste er bereits aus der Ferne erkennen, dass etwas nicht stimmte. Da stand ein schwarzer Helikopter direkt neben dem Ziegenstall. Fremde Männer standen vor dem Haus und sprachen mit dem Bauern. Der wirkte in Charlys Augen verängstigt, schließlich hatte noch nie ein Helikopter direkt am Ziegenstall geparkt.

Charly schlich sich gekonnt entlang der Steinmauern, welche die kargen Weiden umrandeten, in Richtung Ziegenstall. Da er es unentdeckt bis dorthin schaffte, kauerte Charly sich zwischen die Futtertröge. Und dachte nach. Er dachte nach, was in so einem Moment zu tun sei. Auch darüber, dass die Herren, die Ötzi entführt hatten, nun wohl auch gekommen waren, um ihn zu holen. Ebenso wie wahrscheinlich alle seine anderen Freude, die bestimmt schon alle tot waren.

Charly wusste zwar nicht, was man in so einer Situation machen sollte, beschloss aber, nicht zuletzt aufgrund der scheinbaren Aussichtslosigkeit, instinktiv auf Angriff zu gehen. Einer der fremden Männer stand direkt neben dem

Helikopter, mit dem Rücken zum Ziegenstall und damit zu Charly. Was diesen auf die Idee brachte, die beste und einzige Waffe des Bauern Hadjid in Harzan tief im Westjordanland einzusetzen: Natah Biqua. Der Bock war gut gewachsen und liebte es, seinen Bauern, und in letzter Zeit auch Charly Weger, mit voller Wucht in den Dreck zu stoßen, sobald sie ihm auch nur für eine Sekunde den Rücken zukehrten. Dabei zielte der Bock auf die untere Rückenpartie, an die er genau hinreichte, und noch Tage später zierte das gerötete Spiegelbild seiner gedrehten Hörner die Haut.

Kurz nachdem Charly das Gitter vom Verschlag des draufgängerischsten Bockes des südwestlichen Westjordanlandes geöffnet hatte, lag der erste Bösewicht vom Helikopter auch schon mit dem Gesicht im Ziegenmist. Charly verschnürte den armen Mossad-Agenten mit einer Eisenkette, die normalerweise dazu diente, den Natah Biqua, zu Deutsch: Rammbock, festzuhalten.

Der hatte aber an diesem Tag besonders viel Spaß und nahm sich auch noch die beiden Herren vor, die gerade den Bauern über einen verwirrten Ausländer befragten, der hier vermeintlich vor einiger Zeit gestrandet sei. Tatsächlich traf einer der beiden Agentenköpfe durch den animalischen Schubser den Türrahmen der bescheidenen Hütte des Bauern. Der zweite wiederum musste die spontane Variation des Bocks mit einem Sprung samt Kopfstoß an die Brust über sich ergehen lassen. Diesen Brustrammler hatte der Ziegenbock immer wieder am Handy seines Vorbesitzers, eines einsamen Ziegenhirten, gesehen. Der Hirte hatte sich wochenlang an dem Youtubevideo ergötzt und seinem einzigen Freund, dem Bock, immer wieder vor die Nase gehalten. Das Video zeigte einen französischen Fußballer namens Zinédine

Zidane bei einer Ausführung der Sonderklasse. Der Bock hatte schon lange die Lust verspürt, es ihm gleichzutun.

Der zweite Mossad-Agent lag wild röchelnd am Rücken, auf ihm entspannt der Ziegenbock. Charly riss schon die Arme zum Siegesjubel hoch, als aus dem Helikopter ein weiterer Mann ausstieg, der in alpinem Slang sagte: „Luh An braucht dich. Keine Angst, Dimitri schickt uns und der Pathologe."

In diesem Moment fruchtete einmal mehr die gute Zusammenarbeit des vatikanischen Geheimdienstes mit dem Mossad. So wie im Januar 1973, als die israelische Ministerpräsidentin Golda Meir ein geheimes Treffen mit Papst Paul VI. in Rom eingeplant hatte. Offiziell hatte ihre Maschine Paris in Richtung Afrika verlassen. Trotz der großen Geheimhaltung warteten in Rom unweit der Landebahn zwei Lieferwagen der palästinensischen Terrorgruppe Schwarzer September mit russischen Bodenluftraketen auf das Flugzeug aus Paris. Nur mit Hilfe der Entität konnten die Terroristen damals im letzten Augenblick überrumpelt werden – ohne Bockeinsatz. Golda Meir war planmäßig gelandet.

Auch Charly Weger landete noch am selben Abend im Vorgarten eines ehemaligen Hotels für altersschwache Bischöfe am Genfer See.

5 Fracking News

Die große Welle der medialen Berichterstattung war mittlerweile abgeebbt. Um das Thema Eismann kümmerte sich nur mehr eine eigenartige Allianz aus Wissenschaftsmagazinen und Boulevard. Der Mainstream und seine Medien hatten anderes zu tun.

Die Populisten, welche schon in vielen Ländern die Oberhand hatten und zum Teil sogar regierten, boten ihren täglichen Schwachsinn feil wie im Mittelalter Händler ihren stinkenden Fisch. Diese Unmengen an Unappetitlichkeiten boten keinen Platz für komplexere Geschichten: einen regenerierten Steinzeitmenschen, den eine zufällige Klimasituation in passabler Leichenform die Jahrtausende überstehen ließ und der von zwei verrückten Wissenschaftlern auf unerklärliche Art und Weise wiederbelebt wurde. Die Geschichte war durch, die meisten Leser glaubten sie eh nicht. Irgendwann würde vielleicht jemand verrückt genug sein, ein Buch darüber zu schreiben. Vielleicht gab es sogar eine Verfilmung. Das war aber auch schon alles.

Im Boulevard blieb die Geschichte trotzdem warm. Denn schließlich war schon lange das journalistische Fracking erfunden. Da, wo man glaubte, eine Story sei vergraben, pumpte man künstlichen Stoff hinein, Pseudofakten und Halbgerüchte oder Spurenelemente von Wahrheiten. Bis dann irgendetwas hochkam. Brauchbar oder nicht. Als Geschichte war es jedenfalls immer tauglich, weil vermeintlich Neues und damit Beweis genug für die *Anfangs-Hirn-Fäkalie* zutage trat.

Im Fall des Eismannes ärgerte sich der Pathologe täglich seine Galle leer über all die Absurditäten, die sich die unzähligen Dummschwätzer da leisteten.

Im Hauptquartier der Operation Eisschmelze war am nächsten Tag ein Workshop angesetzt zum Thema Kommunikationspolitik. Nicht ohne vorher ausgiebig die Heimkehr des Charly Weger zu feiern. Dieser genoss es sichtlich, wieder inmitten seiner Freunde zu frühstücken. Auch wenn ihn beim ersten Bissen in das Streichschokoladenbrot eine unglaubliche Melancholie übermannte.

Am Kopfende der langen Tafel saßen Dimitri, Pirmin und der Pathologe. Der Russe bemerkte, wie der kleine Schweizer alle an der Tafel der Reihe nach musterte. Er wusste genau, welche Gedanken dem Entitätschef durch den Kopf gingen: Eine solche Mannschaft mit betreuungsaufwendigen Amateuren und reinen Zivilisten hatte er noch nie gehabt. Wären sie nicht alle auf ausdrücklichen Wunsch des Heiligen Vaters hier, würde er sie sofort nach dem Frühstück nach Hause schicken. Er seufzte kurz in seinen Kaffee, als Dimitri ihm zulächelte mit den aufmunternden Worten: „Wir werden viel Spaß haben."

Es wurde aber Zeit für einen ernsthaften Plan. Und der musste für Pirmin Wüthrich über ein erfolgreiches Ende hinaus gedacht werden: „Will heißen, wir brauchen nachher eine Situation, in der wir unseren Eismännli nicht weiterhin irgendwo verstecken müssen. Dazu müssen wir die Öffentlichkeit auf unsere Seite bringen."

Das war der Moment, in dem der Journalist seine Lungen mit Sauerstoff füllte und den Atem anhielt, um die Stimmbänder schnalzen zu lassen.

Aber der schlaksige Schweizer war darauf gefasst und knallte ein „Ruhe auf den billigen Plätzen!" in den Raum. Er stellte sich an eine große Tafel, die wohl aus einem Schweizer Internat der Jahrhundertwende stammte, und fing an zu malen. Dazu sprach er von unterschiedlichen Wirkungskreisen, von Teilöffentlichkeiten und Entscheidungszirkeln. Und natürlich auch von Meinungsblasen und Influencern.

Nach gut einer Stunde Vortrag sah sich Dimitri gemüßigt, das Ganze kurz zu rekapitulieren: „Also einfach. Behörden sind Schweine. Haben armen Eismann Freiheit genommen. Obwohl Einziges, was er getan hat, ist nur wieder zu leben. Jeder, der kämpft für Ottsimann, kämpft für eigene Freiheit."

Als wenig später das Thema Allianzen angesprochen wurde, ging Dimitri sogar so weit, seinen Vetter dritten Grades Vladimir ins Spiel zu bringen. Der war früher beim KGB und jetzt in der Politik. Der habe Spaß daran, die EU an der Nase herumzuführen, und sei auch sehr geübt darin. Nach kurzer und heftiger Diskussion wurde dieses Hilfsangebot aber mehrheitlich abgelehnt. Was Pirmin zu freuen schien, aber Dimitri wenig kümmerte, da er diese Frage sowieso nur für sich entscheiden wollte.

„Zurück zur Sachlage!", mahnte Pirmin. Dann führte er aus, was die Kenntnislage der Entität in Sachen Entführung des Eismannes war. Nachdem der italienische Geheimdienst mehrmals in der Dingfestmachung des ehemaligen Staatseigentums, sprich der Reliquie gescheitert war, hatten sie andere Nachrichtendienste um Unterstützung gebeten. Auch weil sie dies geschickt politisch ausnutzen wollten. Da natürlich auf Behördenebene eine ganze Reihe von Ländern interessiert war, wie denn dieses Regenerationswunder zustande gekommen sei, war das alles kein Thema. So gesellten sich zu den Italienern die Spanier, die Niederländer und schließlich die Deutschen. Offiziell war es nie ein Einsatz der EU gewesen. Aber diese Staaten sprachen immer wieder gern von europäischen Interessen, die es in Sachen Regenerationsmedizin und genetischer Reanimation zu wahren galt. Nach einem kurzen Aufenthalt der ehemaligen Gletscherleiche in einem italienischen Militärkrankenhaus hatte man beschlossen, ihn aus dem Blickfeld der Öffentlichkeit nach Holland zu bringen. Schließlich waren die Niederländer in Europa am weitesten voraus in Sachen Organoiden. Am Universitätsklinikum Utrecht hatten die Forscher mit ihrer bahnbrechenden personalisierten Medizin Miniaturorgane wie Leber, Lungen und Darm entwickelt. Damit konnten Ärzte spezifische Wirkungen von Medikamenten ohne Gefahr für den Patienten außerhalb des Körpers testen. Gezüchtet wurden die Organoiden mit Stammzellen. Es war also naheliegend, das Untersuchungsobjekt in die Nähe dieses Wissenschaftsteams zu bringen.

„Die exakte Position, wo unser Freund untergebracht wurde, ist wahrscheinlich eine ehemalige geschlossene Anstalt, unweit von Utrecht. Wir haben in, um und zu dieser Anlage hin auffällige Humanbewegungen registriert. Auch – und das macht uns nahezu sicher – von den Molekulargenetikern der UMC."

Mit dieser Ausführung pausierte Pirmin Wüthrich und nahm eine Prise Schnupftabak zu sich.

Dimitri streckte ihm seine Hand hin, worauf der Schweizer ihm eine kleine braunschwarze Straße auf den Handrücken legte. Dimitri seinerseits hielt nichts vom Konsum durch die Nase und kaute deshalb andächtig den Tabak.

Der Pathologe beobachtete das Ganze mit einem Kopfschütteln und warf dann aber in den Klassensaal: „Ist das Thema heute nicht die Kommunikation?"

„Ja, genau!", gab Pirmin zur Antwort.

„Ja, und?" Der Pathologe war der entspannteste Provokateur der Welt.

„Ja, das war alles Präambel, das Vorspiel sozusagen", grinste der Mann, der nur einen Halbkreis Haare von einem Ohr zum anderen, in Form von wenigen dünnen Strähnen hatte.

„Im Ernst", fuhr er fort und blieb dann recht konkret bei der Fragestellung. Pirmin war überzeugt, dass es pro Land eine spezielle Kommunikationsstrategie brauche. Er begann mit Spanien, das seit geraumer Zeit mit einem Thema beschäftigt war: den Separatisten. Da liege das Thema Freiheit ja gleichsam auf der Straße, meinte Pirmin, und Dimitri stimmte feuchtfröhlich zu. Die Runde nickte zwar ebenfalls zustimmend, verstand aber nicht wirklich.

„Kriegen wir eine Ötzi-Solidarität jetzt eher von den Katalanen oder den Spaniern?", wollte der Journalist wissen.

Pirmin blieb die Antwort schuldig und beruhigte nur: „Mit dem nächsten Land wird's klarer."

Er ging über zu Deutschland. Dort war aus Pirmins Sicht, unterstützt von Dimitris stillem Applaus, das zentrale Thema auch recht bald definiert: „Die Angst vor Über..." Pirmin wartete auf einen braven Schüler, der das Wort vervollständigte. Er wiederholte zweimal sehr langsam „Ü...b...e...r..." und wartete.

Der Brite traute sich: „Übermenschen?"

Pirmin Wüthrich drehte seine Augen in Richtung Hinterkopf.

Dimitri lachte aufjaulend.

Der Schweizer seinerseits gab nicht auf: „Also Ü...b... e...r..."

„...schwemmungen?", schlug der Journalist vor.

Der Russe signalisierte, nah dran zu sein, während der Schweizer begann, leicht verzweifelt an seinen Haaren zu ziehen. Leider kamen keine brauchbaren Vorschläge mehr, nur

Charly Weger ließ sich noch Dinge einfallen wie: „...alterung", „...forderung", „...produktion" und „...tragung".

Pirmin war am Boden zerstört. Bis Dimitri an die Tafel trat und seinen Plan B erläuterte. Er war viel mehr für Ablenkung denn für Sensibilisierung. Und das gelinge nur, indem man die Menschen in ihrer privaten Welt „fessle".

„Jeden Einzelnen? Wie viel Seil braucht das?", wollte ein erstaunter Charly Weger wissen.

Dimitri winkte ab. Das sei nur bildlich gemeint, präsierte er: „Nur Aufmerksamkeit, dafür aber heftig."

Nicht nur Charly Weger, alle, selbst Pirmin, wollten wissen, wie das um Himmels willen zu bewerkstelligen sei.

„Nun", er habe da junge Kollegen beim russischen Geheimdienst, die hätten eine Malware entwickelt, die in kürzester Zeit alle Smartphones eines definierten Zielgebietes infiziere.

„Wunderbare Idee!", rief Pirmin, „Ausschaltung wesentlicher Kommunikation während unserer Operation. Gefällt mir!"

Dimitri winkte wieder ab: „Zu wenig effizient!" Nein, sein Plan B und seine Software sahen vor, sämtliche Chats und Kurznachrichten eines Smartphones allen Kontakten freizugeben. Das würde megalustig, weil alle sämtliche Geheimnisse ihrer Freunde, Ehe-, Geschäfts- und sonstigen Partner zu sehen bekommen würden. Auf einen Schlag.

„Inklusive der geloschten Nachrichten!", posaunte Dimitri triumphierend in die Runde. Als Folge darauf sei endlich auch die Wertigkeit der Social-Media-Kommentare revidiert, weil sowieso keiner keinem mehr glauben würde.

Alle im Raum sahen sich reihum an und griffen instinktiv auf ihr Handy. Welches der Schweizer aber ohnehin aus

Sicherheitsgründen per Remote deaktiviert hatte und Handyklone davon gerade auf Pilgerreise waren, um alle Geheimdienste dieser Welt etwas an der Nase herumzuführen.

Nur Charly Weger saß da und grübelte über das „Über…" nach und schoss dann ein überzeugtes „…fremdung" in den Raum.

6 Fremdgesteuert

Neuneinhalb Autostunden entfernt von der verwirrten Truppe am Genfer See saß im Veldzicht Center für Transcultural Psychiatry im niederländischen Balkbrug eine Gruppe Wissenschaftler zusammen, die kaum weniger ratlos waren. Die plötzlich aufgetretene, relativ aggressive Haltung ihres Untersuchungsobjektes, von dem die meisten beteiligten Wissenschaftler ausgingen, er sei ein Klon und keinesfalls die regenerierte Gletscherleiche, bereitete ihnen Sorgen. Große Sorgen.

Nach einer fünfstündigen Unterredung war die Lösung bzw. ein erstes vorsichtiges Vorgehen rasch gefunden: Es brauchte eine psychiatrische Untersuchung. Und so kam es, dass der Eismann sich am nächsten Morgen einem Mann gegenüber fand, bei dem er wusste, es könnte funktionieren.

Ki war eine alte Technik, welche die Erleuchteten wie Luh schon in jungen Jahren von den An An, den alten Männern, gelernt hatten. *Ki* war eines der ältesten Wörter im indoeuropäischen Vokabular und bedeutete *sich niederlegen im Schlaf.* Tiefes *Ki* wurde irgendwann zu Koma. *Ki* war auch die Wurzel von *Quiescere*, dem Ausruhen im Lateinischen. Es steckte im *Requiem*, im *Requiescat in pace.* Es war aber auch die Wurzel des *Civis*, des Bürgers. Das Heim des Bürgers, da wo er schlief, wo er sich niedergelassen hatte. Dem Kern der Zivilisation. Der *City*.

Aber so weit dachte der Eismann nicht. Er wollte einfach eine seiner Fähigkeiten nutzen, um seine Freunde zu sich zu rufen. Darum musste er diesen Mann vor sich in tiefen Schlaf legen: das Ki.

Luh An saß ruhig und konzentriert da. Er fixierte den Herrn im dunklen Anzug und schwarzen Hemd, der eine dicke Hornbrille trug, wie sie Architekten oft hatten. Während die ehemalige Gletscherleiche dem ordentlichen Universitätsprofessor tief in die Augen schaute, hob er immer wieder kurz seine rechte Augenbraue an.

Der Psychiater begann, Fragen zu stellen: „Wie geht es dir heute?"

Der Eismann zuckte mit keiner Wimper, sein Blick blieb auf die Pupillen seines Gegenübers fokussiert. Zwei Atemzüge später antwortete er ganz langsam: „Ja."

„Du meinst, es geht dir also gut heute?"

„Nein", sagte Luh in stoischer Ruhe, in exakt derselben Tonlage.

Der Therapeut dachte auffällig angestrengt nach, während Ötzis eindringlicher Blick auf ihm lag, was dabei nicht besonders hilfreich war.

„Warum geht es dir nicht gut?"

„Ja."

„Das habe ich verstanden, aber sag mir bitte, warum es dir nicht gut geht."

„Nein."

Der Psychiater lehnte sich zurück auf seinen Stuhl. Luhs Blick ließ keine Sekunde ab von seinen Augen. Der Wissenschaftler gab nicht auf.

„Du willst es mir also nicht sagen, warum es dir nicht gut geht?"

„Ja."

„Ich verstehe das. Also schlage ich Folgendes vor: Ich sage dir, was ich glaube, was dein Problem ist, und du brauchst das nur zu bestätigen oder nicht. Geht das gut für dich?"

„Nein."

Mit lautem Ausatmen manifestierte der Psychiater sein Unbehagen, beschloss aber aus Mangel an Alternativen weiterzumachen. Auch weil er noch nicht bereit war aufzugeben.

„Gut. Ich denke, du bist verwirrt. Stimmt das?"

„Ja."

Der Therapeut empfand zum ersten Mal an diesem Morgen Genugtuung über seine beruflichen Fähigkeiten.

„Ich verstehe das gut. Bin ich auch öfter", er versuchte zu grinsen. „Aber das geht vorbei. Du wirst sehen."

„Nein", der Eismann sprach seine kurzen Antworten wie vom Band. Immer exakt gleich.

„Kommt dieser Pessimismus von einer inneren Traurigkeit?"

„Ja."

„Davon bin ich ausgegangen. Was macht dich traurig?"

„Nein."

„Mein Fehler. Ich muss natürlich die Fragen so stellen, dass du mit Ja oder Nein antworten kannst."

„Ja."

„Klar. Danke. Bist du traurig, weil du allein bist?"

„Nein."

„Bist du traurig, weil du hier bist?"

„Ja."

„Wärst du gern woanders?"

„Nein."

„Bei deinen Freunden?"

„Ja."

„Verstehe."

„Nein."

„Okay."

„Ja."

„Ist gut."
„Nein."
„Ja?"
„Ja."
„Nein?"
„Nein."

Eine der anerkanntesten europäischen Koryphäen der modernen Psychiatrie erfuhr exakt in diesem Moment seinen persönlichen Lock-in-Effekt in dem Geist eines Mannes, der für viele theoretisch noch als tot galt, vereinzelt sogar als arme Steinzeitkreatur.

Die Pupillen des Psychiaters waren starr auf jene des Patienten Luh An fixiert, der wiederum dabei war, seinem Ank zu flüstern, wie er sich ab nun zu verhalten habe. Die An An nannten ihre Hypnotisanten mit demselben Anlaut des Ankers heute. Das Wort hatte im Neolithikum die Bedeutung von Biegen. Und so war dem auch mit dem Leiter der internationalen Wissenschaftskommission zur Analyse des Phänomens der mutmaßlich geklonten Gletscherleiche.

Ebendiese bog den Willen des Wissenschaftlers für ihre Zwecke.

7 Die Zweckdienlichkeit

In großen Lettern hatte Pirmin Wüthrich den Begriff Zweckdienlichkeit an die Tafel gemalt. Er stand breitbeinig davor und verschränkte seine Arme hinter dem Rücken. Sein Blick war auf das Kruzifix an der Wand gegenüber gerichtet. Er begrüßte nur mit kurzem Nicken und einem zackigen „Morgen" die langsam eintreffenden Kadetten. Das Adjektiv der morgendlichen Begrüßung ließ er weg, als wolle er für die kommenden Stunden eine Warnung aussprechen.

Als Letzter kam Dimitri in den Schulungsraum, der am Vorabend noch lange mit dem Pathologen Schach gespielt hatte und dabei die besten Erinnerungen an den Eismann hatte Revue passieren lassen.

Als sich alle gesetzt hatten und langsam Ruhe einkehrte, räusperte sich der Schweizer ein-, zweimal und erreichte tatsächlich sein Ziel: Stille. Die er auskostete mit einem in die Runde schweifenden Blick, gleichmäßig verharrend auf allen Augenpaaren der Anwesenden. Deren Atem wurde leiser. Die Spannung stieg.

„Können Sie dieses Wort hier hinter mir lesen?", sprach Wüthrich in langsamer und leiser Tonlage.

Die meisten nickten.

„Gut", sagte der Schweizer und wiederholte den Rundblick. „Können Sie es auch verstehen?"

Gemeinsames Stirnrunzeln, da niemand der Anwesenden mit so einer Frage gerechnet hatte.

„Dachte ich mir schon", war die Reaktion des Pirmin Wüthrich. „Also damit hat es Folgendes auf sich: Ab sofort werden alle unsere gemeinsamen Aktionen einem Zweck dienen. Das bedeutet, wir machen nur mehr, was unserer Sache zweckdienlich ist. Ich hoffe, ihr seid alle damit einverstanden?"

Die Zuhörer nickten synchron.

„Deswegendlich bitte ab sofort höchstkonzentriert!", fuhr Pirmin fort. Dann kam er endlich zu den spannenden News des Tages: „Es ist verifiziert. Unser Zielobjekt, der Herr Luh, ist tatsächlich in der vermuteten Anlage in Verwahrung gesetzt. Der Hinweis kam zunächst von unseren israelischen Freunden, und über Dimitris Exkollegenschaft beim Auslandsnachrichtendienst haben wir dann Satellitenaufnahmen erhalten, welche den Herrn Luh im Hof der Anlage am Boden liegend zeigen."

„Und auf einem Satellitenfoto haben Sie unseren Luh erkannt?", wollte der Pathologe wissen.

„Ja, recht eindeutig", bestätigte der Schweizer.

„Woran denn bitte?", spuckte die Direktorin in das Gespräch.

„Also ich kann von diese Google-Maps-Dingens kaum Straßen erkennen, und ihr erkennt unsere Friend?", legte der Brite nach.

Also kramte der Schweizer ein Tablet hervor und zeigte seinem kritischen Publikum eine Aufnahme des russischen Spionagesatelliten Repej, welcher erst 2018 in die Umlaufbahn geschickt wurde. Nachdem die Amerikaner über 60 „Mentor"-Satelliten schon dort gehabt hatten. Zu Zeiten der UdSSR hatte die russische Luftwaffe 23 Aufklärungssatelliten im All. Nun waren es weniger als 20. Das machte die russischen Militärexperten in regelmäßigen Abständen nervös. Auch die Befreiungsexperten der aktuell von den Behörden in Gewahrsam genommenen Gletscherleiche machte das Foto aus dem All, das diese Leiche angeblich beim Freigang im Garten zeigte, nervös. Sofern man die Aufregung mit *nervös* beschreiben konnte.

Alle waren nach vorne zum Schreibtisch des Schweizer *Professors* geeilt und beugten sich reihum über das Tablet. Charly Weger fummelte das Bild größer, und tatsächlich: So daliegen konnte nur „Luh An himself", wie der Brite andächtig in die Runde atmete.

„Exakt die Stellung, in welcher die Leiche am 19. September 1991 am Tisenjoch aufgefunden wurde", merkte die Direktorin an.

„Also kann es nur der Herr Luh sein", triumphierte Pirmin Wüthrich, um nach einer kurzen Pause, in der er die Freude der Umstehenden genoss, weitere Details kundzutun.

„Holland. Also Flachland, sehr abgelegen. In einer sonst nur landwirtschaftlich genutzten Gegend. Wenig Zufahrtsstraßen. Die Annäherung wird schwierig." Pirmin wusste, welche Fragen in Dimitris Kopf umherschwirrten.

„Bewachungssituation?" Der Russe runzelte die Stirn.

„Details klären wir gerade. Aber auf den ersten Blick … Pfuuhh." Wüthrich machte eine Geste, die wohl aus seinen Jahren in Italien stammte und verbal mit *heftig* gleichzusetzen war.

„Und diese *Wissenschaftler*", der Pathologe machte abschätzige Luftgänsefüßchen über die Berufstandsbezeichnung seiner Kollegen, „die da laufend hinfahren?"

„Mmmhh", merkte Pirmin Wüthrich an, was aus seinem wenn auch geschlossenen Munde als ziemliches Kompliment zu werten war.

Auch Dimitri gab gedanklich denselben Laut von sich, während er Pirmins Blick, der „nicht schlecht, der Zivilist" sagte, mit einem ebenso nonverbalen „sagte ich dir doch" erwiderte.

„Und Polizeihelikopter?" Charly Weger ahmte den Lärm eines rotorgetriebenen Fluggerätes samt sportlich abenteuerlichem Landeanflug in vollem Körpereinsatz nach.

Nun war es der Brite, der ihn einbremste: „We need a perfect plan and then the whole stuff!"

„Kabuff!", echote Charly.

Pirmin Wüthrich mahnte zur Konzentration, indem er dreimal mit der Faust auf sein Pult hämmerte. Dann stellte er sich an die Tafel und wischte sie leer. Er malte einen Kreis auf, skizzierte darin den Eismann und zeichnete grob ein einfaches Straßennetz zu den nächstgelegenen Ortschaften. Er markierte in etwas Abstand des Kreises die bisher bekannten Polizeicheckpoints, beschrieb die leeren Flächen zwischen den Straßen mit „Tulpen" und kommentierte weiter: „Überall Tulpen." Damit entfernte er sich auch schon von der Tafel, um sich einen Überblick zu verschaffen.

„Blumentransportkühlwagensattelschlepper stehen oft in Bozen an der Autobahn. Morgens meist." Charly Weger war scharf am Nachdenken.

Es war nun Gambalunga, die sich an einen Seitenflügel der Tafel stellte und die Operation in fünf notwendige und gleichzeitig entscheidende Phasen einteilte: „Erstens: die Überwindung der Polizeisperren. Zweitens: das Eindringen in die Anlage selbst. Drittens, ganz wichtig: das Auffinden Ötzis. Danach, viertens: das Verlassen der Anlage. Und schließlich fünftens: die Flucht."

Dimitri und Pirmin waren erneut erstaunt über die plötzliche Reife ihrer Komplizen.

„Und Charly hat mit der Idee des Blumentrucks gar nicht so unrecht", schloss Gambalunga ihre Ausführungen ab.

„Yes, commissioner, aber wir needen noch mehr Details for alle pfümpf Phasen", gab der Brite zu bedenken.

Pirmin Wüthrich stimmte dem vollinhaltlich zu und rief zwei seiner Männer herein, denen er eine lange Liste an Aufgaben diktierte: „Zu den Polizeisperren – Mannstärke, Ausrüstungsstand, Dienstpläne, Rückmeldefrequenzen, Fuhrpark, Privates, alles einfach."

Einer der Männer nahm Pirmins Befehle mit seinem Smartphone auf.

„Zur Anlage – die Baupläne inklusive Versorgungspläne: Luft, Strom, Daten und die Energieversorgung natürlich. Und wir müssen rasch wissen, wo das Zielobjekt" – Gambalunga erstach gerade Wüthrich mit ihrem Blick durch die Augen nach unten zum Rachen, entlang der Halsschlagadern quer durch seine Herzaorta – „Verzeihung, unser geliebter Eismann sich aufhält. Dann natürlich auch den kompletten Logistikplan erstellen für unsere Heimreise. Das Ganze will ich in 48 Stunden auf dem Tisch haben, oder von mir aus alles in einem eurer seelenlosen Computer. Verstanden?"

„Jawoll", grüßten die Kollegen der Vatikanspezialeinheit und waren auch schon bei der Tür draußen.

„Und was machen wir inzwischen?", wollte die Direktorin wissen.

„Wir werden etwas trainieren", stellte Wüthrich trocken fest.

„What the hell?" Dem Briten fehlten die Details.

„Ihre einsatznotwendigen Fähigkeiten. Ihre Personal Skills!", grinste Pirmin in die Runde.

„Apropos Personal, Sie haben keinen Aufklärungsbefehl in Richtung Wissenschaftspersonal erteilt?", genoss der Pathologe den Fingerzeig auf diese Unzulänglichkeit.

Pirmin Wüthrich stürmte in diesem Moment aus dem Klassenzimmer und rief seinen Offizieren Sprüngli und Albrechter laut hinterher.

Teil 2:

Verlieren

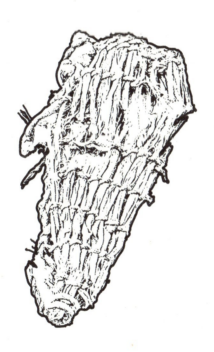

8 Die Relativität von Zeit und Raum

Sein Ruf hallte durch die leeren Gänge der Anstalt. Was den Eismann entfernt an das Echo der Südtiroler Berge erinnerte. Während er auf eine Reaktion lauschte, ließ ihn das wehmütig lächeln.

An diesem Morgen war er aus dem Schlaf sprunghaft in die Tagwelt gestürzt, weil er über das nachgedacht hatte, was einst Albert Einstein als Relativitätstheorie definiert hatte. Und weil er nicht weiterkam, selbst im wachen Zustand, rief er nach Hilfe. So lange, bis einer seiner Betreuer vor ihm stand und fragte, was denn los sei.

„Habt ihr auch richtige Wissenschaftler?", sagte der noch schlaftrunkene Mann aus dem Eis zu dem Mann vom Pflegedienst, dem er seine rechte Hand schwer auf die Schulter legte und tief in die Augen blickte, sodass er seinen Atem spüren konnte.

Dem Betreuer blieb keine andere Wahl, als mit „Ja" zu antworten.

„Gut", gab Luh An dem Mann auf den Weg, indem er ihm seine Wangen mit beiden Händen streichelte. Dann verschwand der Pfleger in den langen Korridoren der psychiatrischen Anstalt. Ötzi ging zurück in sein Zimmer und legte sich auf den Boden.

Was daraufhin in diesem Zimmer inmitten einer abgesperrten Anlage, welche wiederum inmitten mehrerer Quadratkilometer Blumenfelder lag, passierte, war unglaublich für die moderne Wissenschaft. Diese schickte nämlich einen Vertreter ihrer Zunft nach dem anderen zum Mann aus dem Neolithikum. Keiner aber bestand die eingangs gestellten Fragen der ehemaligen Gletscherleiche. Bis man endlich auf die konkrete Interessenlage des Ötzi reagierte und einen deutschen Quantenphysiker zu ihm schickte.

Der Eismann brannte darauf, an diesem Tag eine Antwort auf die wesentliche Frage des Lebens zu erhalten. Eine Frage, die vor ihm ein ebenso deutscher Naturforscher einst ungefähr so formuliert hatte: „Was die Welt wohl im Innersten zusammenhält?"

Im Zuge der Nachtgedanken kam Luh aber nicht weiter, wie schon vor ihm der deutsche Gelehrte und Dichter, der wiederum viele Jahrhunderte und -tausende nach ihm gelebt hatte.

Wie dem auch sei, mit der Welt und ihrem Geheimnis kam er nur bis zu der Frage, wie sich Einsteins Relativitätstheorie auf jemanden auswirke, dessen Leben sich über einen Zeitraum von über 5.000 Jahren erstrecke.

„Einstein sagt, Raum und Zeit, also Ort und Zeit, bedingen sich gegenseitig." Luh An sah durch den Mann ihm gegenüber hindurch.

Der Quantenphysiker sah sich also unerwarteterweise zunächst einem Mann aus dem Neolithikum gegenüber und dann der Frage, was denn die Relativitätstheorie mit seiner Wiedergeburt zu tun habe. Um die Frage in ihrer Tragweite zu vernehmen, musste sich der Quantenphysiker erst einmal setzen.

„Die Relativitätstheorie beschäftigt dich also?", sagte der Wissenschaftler ruhig und langsam, was ihm Zeit zum Nachdenken verschaffte. „Wie kommst du auf diese Frage?"

„Weil ich in dieser langen Zeit immer da war als Körper. Aber mein Geist ist mir gefolgt als Licht. Von einem Moment auf den anderen. Mit all den Jahren, die ihr gemessen habt dazwischen. Also ist er mit Lichtgeschwindigkeit gereist." Luh runzelte seine Stirn und blickte verloren in das Gesicht seines Gegenübers.

„Du meinst, du warst nur Materie in den Jahren dazwischen?" Der Wissenschaftler versuchte, ihn einzufangen.

„Materie ist auch nur Licht. Und das Nichts ist nicht, denn Nicht-Sein bedeutet implizit Licht-Sein." Luh senkte seinen Kopf, und es war so, als würde er nicken, ohne sich zu bewegen. „Aber diese Zeit dazwischen", der Eismann griff sich an den Kopf mit beiden Händen, „da ist nichts. Nur dunkel, alles. Keine Erinnerung. Nicht mal kalt."

„Ja, wir wissen nach all den Jahren zwar sehr sehr viel, aber genau diesen Unterschied zwischen Tod und Leben können wir noch nicht wirklich erklären." Der Mann versuchte, Verständnis für Luh zu zeigen. „Das, was du dunkel nennst, war der Tod. Aber selbst für den haben wir keine absolut gültige Definition. Das zeigt sich schon bei der Schwierigkeit, den Tod von Einzellern oder Säugetieren zu bestimmen. Im ersten Fall, also bei den Einzellern, ist der Tod entweder durch den unumkehrbaren Verlust der Zellintegrität da. Das nennen wir Lyse, den Zerfall organischen Materials …"

„Das habe ich auch erlebt", unterbrach der Eismann ihn keineswegs traurig.

„Aber du bist doch kein Einzeller", lächelte der ordentliche und mehrmalige Professor h. c. zurück. „Bei den Einzellern sprechen wir auch von Tod bei unumkehrbarem Verlust der Zellteilungsfähigkeit, wenn das Genom zerstört wird."

Der Wissenschaftler blickte die ehemalige Gletscherleiche an, um zu verstehen, ob sie ihm noch folgte. Diese murmelte etwas wiederholt, was so ähnlich klang wie Genom.

„Weißt du, was ich damit meine?" Der Professor legte seine Hand auf die Schulter des Eismannes.

„Ja, weiß, was du meinst. Habe sie aufgezeichnet, auf meiner Haut."

„Du meinst den Chromosomensatz?" Der Gelehrte riss seine Augen weit auf.

„Ja, haben wir damals immer gemacht Karyogramme. Aber rede weiter vom Tod. Das interessiert mich."

Dem zunehmend beeindruckten Mann hinter einer randlosen Brille blieb nichts anderes übrig, als mit seinen Ausführungen fortzufahren, während der Autor sich freute über diese eben gelegte Spur, die geneigten Leserinnen und Lesern mit archäologischen Vorkenntnissen vielleicht als neue Hypothese dienen könnte. Aber nun weiter mit den Worten des Professors.

„Bei Säugetieren, zu denen der Mensch gehört, kommt der Tod durch die unumkehrbare Desintegration lebensnotwendiger Organe wie des Herzkreislaufsystems und des zentralen Nervensystems, des Gehirns und des Rückenmarks. Und auch hier sterben Zellen ab. Das Sterben ist ein Prozess, und das Eintreten des Todes lässt sich selten exakt einem Zeitpunkt zuordnen. Der Tod ist der Zustand eines Organismus nach der Beendigung des Lebens. Man darf das auch nicht verwechseln mit dem Sterben und den Nahtoderfahrungen, die ein Teil des Lebens sind."

„Ich habe aber eher eine Langtoderfahrung", grinste der Eismann wieder. „Und das Eis hat Raum und Zeit aufgehoben. Der Prozess hat nur begonnen und nie aufgehört." Luh blickte an die Decke und öffnete seine Arme weit.

9 Theorie und Realität

„Entscheidend ist der exakte Moment, das Timing. Geben Sie dem Gegner keinen Raum!" Pirmin Wüthrich pochte auf diesen Lehrsatz, kurz bevor er zugriff und den Journalisten so auf den Bretterboden des alten Ballsaales katapultierte, dass es sogar Dimitri beim Zuschauen wehtat.

„Du hast schon wieder meine Ablenkung zu sehr außer Acht gelassen, oder besser gesagt, du bist zu sehr auf sie eingegangen. Aber vielleicht wirst du noch wirklich unser bester Mann für die Ablenkungen sein. Das Wichtigste ist: Du musst dich zunächst in den Polizisten hineindenken. Der macht da seit über zwei Monaten Dienst auf einem Feldweg mit seinem Kollegen. Mitten in einem endlosen Blumenfeld. Er hat weite Sicht, also sieht er dich auf ihn zukommen und kann sich schon ganz viele Fragen stellen."

„Godverdomme een klootzak pers!", war der erste laut ausgesprochene Gedanke des niederländischen Polizisten, als er am Horizont den eindeutig als TV-Übertragungswagen identifizierbaren Kleintransporter erkannte. Er nahm sein Fernglas aus dem quer zur Fahrbahn geparkten Einsatzwagen und weckte seinen Kollegen.

Im näherkommenden Wagen erkannte er zwei Männer, die sich grinsend unterhielten. Der Journalist sagte nämlich gerade seinem Chauffeur und Kameramann Charly Weger, er solle 15 Meter vor dem Polizisten den Wagen zum Stehen bringen. Das gelang Charly auf den Zentimeter.

„Deine Anweisungen müssen mehr als präzise sein, Dimitri." Der Schweizer sah den Russen mit seinem stechenden Blick tief in die Augen, als wäre Suggestion Teil seiner Unterrichtsmethode. „Und für dich, Charly, gilt natürlich, dass du dich ganz genau daran halten musst."

„Showdown", klang es in den Ohren Charlys und des Journalisten über einen Knopf im Ohr. Dimitri saß nämlich als zuständiger Übertragungstechniker hinten im Wagen, an dessen Fahrertür sich gerade der niederländische Polizist stellte.

„Goedemorgen! Ze kennen hier niet verder gaan. Deze Straat is gsloten!" Der Journalist schaute so dumm, wie die intelligentesten Journalisten schauen würden, die ihrerseits kein Niederländisch verstanden.

„Begrijp me?" Der Polizist kam näher zur Tür heran. Worauf der Journalist nur vieldeutig, aber recht unkonkret grinste.

„Ze begrijpen me niet, goed!" Der Polizist schien zu begreifen, dass er hier nicht weiterkam. Also konnte er wohl nur mit etwas Englisch weitermachen.

„This road is closed. Sorry. Turn around!"

Daran dachte der Journalist, samt seinem Kameramann und dem noch unentdeckten russischen Übertragungstechniker, aber nicht im Geringsten. Darum stieg er aus mit den Worten: „Charly, Kamera!"

Der niederländischen Ordnungskraft blieb also nichts anderes übrig, als zu wiederholen, dass es hier nicht weiterging.

„Er wird euch wiederholt auffordern umzukehren." Pirmin Wüthrich liebte es, seinen Schülern diese Details der zu erwartenden menschlichen Handlungsweisen aus seinem Erfahrungsschatz auszubreiten. „Ihr müsst ihn nervlich so weit bringen, dass ihr eine Verhandlungsmasse erreicht."

„Verhandlungsmasse?", wiederholte Charly Weger, den Pirmin bewusst in die erste Reihe des Leistungskurses Sondereinsatztruppe gesetzt hatte.

Auf der schmalen Straße mitten im Blumenfeld war Charly vorerst zweite Reihe nach dem Journalisten, der sich gerade zu dem Polizisten aufmachte – aufdringlich, wie er immer tat, wenn er seinem Befragungsobjekt signalisieren wollte: „Wir sind gute Freunde." Im Fall des holländischen Polizisten stellte er sich so dicht neben ihn, dass der Polizist das Gefühl hatte, nicht mehr atmen zu können.

Die momentane Verwirrungslage des kleinen Feldwegüberwachungskommandos nutzte der Journalist schamlos aus, um ihn in seinen vermeintlichen Plan einzuweihen. Er sei nämlich im Auftrag eines internationalen Teams von Investigativjournalisten unterwegs, um den Pestizideinsatz im holländischen Tulpenanbau zu ermitteln. Und von Ermittler zu Ermittler gesprochen, sei eine starke Polizeipräsenz am Rande der Tulpenbeete wohl sehr verdächtig.

Zunächst war der Holländer nicht sicher, den Mann in seinem etwas holprigen Englisch verstanden zu haben. Da der Akzent des Journalisten eindeutig deutsch klang und er des Deutschen auch mächtig war, verlangte er schlichtweg um weitere Aufklärung.

Sehr erfreut über die Weltgewandtheit des Blumenbeetbeschützers dankte es der Journalist mit einer langen Ausführung über das weltweite Pestizidproblem.

Geduldig horchten beide Polizisten zunächst zu, gingen dann zu einem internen, in Holländisch geflüsterten Gedankenaustausch über, mit einer anschließenden abrupten Unterbrechung des Medienvertreters.

„Sie können hier trotzdem nikt durchfahre!"
Der Journalist und sein aufmerksam die Situation beobachtender Kameramann nahmen die Aussage zur Kenntnis, als hätten sie damit gerechnet oder sogar Tage vorher das Ganze gedanklich in einem Training durchgeübt.

„Zu guter Letzt ist es immer die Eitelkeit. Die Königin der Schwachstellen des Menschen!"
Als Pirmin diesen Satz sprach, stimmte Dimitri ihm johlend zu, vor Freude über den baldigen Befreiungseinsatz.
„Und genau da setzen wir an!" Pirmin grinste eitel.

„Wir wollen hier gar nicht durch", log der Journalist abgebrüht. „Wir sind bereits angekommen", entgegnete er den Anweisungen der polizeilichen Straßensperre.
„Aha?" Die Verwunderung beim Flachländer war groß.
Das nutzte der Journalist sofort aus: „Wir sind hier, um mit Ihnen ein Interview zu machen."
„Ich weiß nix von dem Pestizid und den Blumen!", winkte der Polizist entschieden ab.
Dann begann der Journalist mit dem, was Pirmin Tage zuvor als „satanisches Envolvement" definiert hatte.

„Scheinbar oder bewusst Unbeteiligte zeigen in Anwesenheit einer Kamera oder eines Mikrofons und neuerdings eines Social-Media-Accounts plötzlich einen teuflischen Drang, sich doch zur Sache in Beziehung zu setzen. Wissenschafter haben festgestellt, dass es hierfür nur ein entscheidendes Schlüsselwort für die entsprechende Synapsenschaltung braucht. Das muss euch gelingen: das neuronale Belohnungssystem zu aktivieren."

„Synapsen aktivieren!", wiederholte Charly Weger. „Das kann ich. Habe ich mit Luh geübt."

Und geübt schien auch der Journalist. War es doch sein Tagesgeschäft, Menschen dazu zu bringen, sich verbal zu entladen – über Kompetenzfelder oder auch weit davon entfernt. Demnach dauerte es auch nur mehr einige Minuten bis zum Einwilligen des niederländischen Polizistenduos, inmitten eines gigantischen Tulpenmeeres ein paar Fragen zu beantworten, zur Sicherheit der Originalprodukte aus Oranien und der damit zusammenhängenden gefährlichen Einsätze der Nationale Politie.
Natürlich nicht ohne dass die beiden sich vorher planmäßig bei der Zentrale mit ihrem EOK gemeldet hätten.

„Es ist bei solchen Sondereinsätzen Standard, dass sich die einzelnen Wachposten in einem vordefinierten Abstand mit ‚Everything is okay', EOK, melden. Meist mit einem Zahlencode. Den muss Charly unbedingt aufs Mikro kriegen und die Eingabe auf dem Display im Einsatzwagen abfilmen. Schaffst du das?" Pirmin blickte dem ehemaligen Polizeibeamten tief in die Augen.
„Alles aufs Mikrofon schreiben und den EOK filmen. Jawoll, schaffe ich!"
Der Pathologe und Pirmin drehten ihre Augen nach ganz hinten.
Nach einer heftigen Diskussion über das unverantwortliche Risiko im Einsatz des Charly Weger, von langem Schweigen des direkt Betroffenen begleitet, stand Charly mit einem Ruck auf und erfüllte den Raum mit einem grellen Schrei. Der dauerte so lange, bis alle Anwesenden still in ihren Stühlen kauerten und sich die Ohren zuhielten.

„Ich bin Luh am meisten schuldig und ich werde bei der Befreiung dabei sein. Niemand wird mich aufhalten. Ich werde alles perfekt machen", sagte Charly langsam, tief überzeugt, mit Inbrunst und leichtem Zittern am ganzen Körper.

Diese Aufregung war auch wieder da, als einer der beiden Polizisten zum Wagen schritt, um sich termingerecht in der Zentrale zu melden. Charly war ihm dicht auf den Fersen.
„Are you go away?", wollte Charly wissen.
„Oh no. Nein. Bleibe da. Just eine Moment", beruhigte der Polizist.
„Are you going to do that Blaulicht?" Charly blieb dran.
„Blaulikt?", echote der Beamte.
Da Charly die kognitive Distanz des Kollegen zum eben Gesagten spürte, wusste er, dass er plastischer werden müsse. Dazu legte er seinen Kopf in den Nacken, öffnete seinen Mund weit, und sein Kehlkopf spielte Polizeisirene.
Nun öffneten auch die beiden niederländischen Sicherheitsbeamten solidarisch ihre Münder. In dem Fall aber aus reinster Verwunderung über Charlys Verhalten.
„Alles okay!", rief der Mann am Wagen zu Charly, „hab verstanden. Magst schauen, was ich mache?"
Charly grinste breit und fragte sofort, ob er das Ganze filmen dürfe.
Aus Angst, der Verrückte mit der Kamera könnte noch mal die Sirene loslassen, willigte er ein. Dimitri applaudierte leise hinten im Übertragungswagen, weil Charlys Improvisation so genial funktionierte.
Ab diesem Zeitpunkt lief fast alles so wie von Pirmin geplant. Charly nahm eine als Kugelschreiber getarnte Injektionsspritze und rammte sie dem Polizisten, der im Auto

saß, in den Hals, und dieser verabschiedete sich in wenigen Sekunden vom Wachzustand. Dasselbe sollte der Journalist mit dem Polizisten, der neben ihm stand, tun. Da er aber statt des Halses den Oberarm wählte und die Kleinigkeit des an der Schulter aufgenähten Emblems samt Flagge der Niederlande außer Acht ließ, steckte der vermeintliche Kugelschreiber in besagtem Uniformschmuck. Was den Polizeibeamten dazu brachte, tendenziell grimmig und nicht weniger überrascht dreinzuschauen. Da er auch die Szene beobachten konnte, die sich fast gleichzeitig im Wagen abspielte, und sein Kollege bei Gott nicht mehr lebendig aussah, zückte er instinktiv seine Waffe und hielt sie dem Journalisten vor die Nase.

Charly beobachtete die Szene und verriegelte die Türen des Polizeiwagens von innen. Etwas Besseres fiel ihm zu diesem Zeitpunkt des Geschehens nicht ein.

„Es darf auf keinen Fall passieren, dass einer der zwei Beamten Verdacht schöpft oder gar seine Waffe zieht. Das wäre das absolute Scheitern." Pirmin sagte das so bedeutungsschwer, dass alle Anwesenden nur mehr sehr flach atmeten.

„Und falls doch?", wollte Gambalunga wissen.

„Darf nicht passieren!", wiederholte Pirmin mit lang anhaltendem Kopfschütteln.

„Kein Plan Beh?", warf Dimitri ungläubig in die Runde.

„Können wir uns nicht leisten", beendete der Einsatzleiter Pirmin Wüthrich und fuhr fort: „Dann würde alles in Gewalt ausarten."

Nun traf die allgemeine Definition des Verbs *ausarten* in seiner Bedeutung als *wild, ungezogen werden, sich schlecht beneh-*

men mit prägnanter Präzision auf Dimitri zu, allerdings traf sein Schlag mit dem Kolben der Kalaschnikow auf den Hinterkopf des Polizisten ebenso.

Nach dieser kurzen Variante des Geplanten lief alles wieder wie auf Pirmins Reißbrett: Die Polizisten wurden entkleidet, und wenige Minuten später setzte Dimitri die Fahrt am Steuer des Übertragungswagens in Richtung Anlage fort. Eskortiert von einem niederländischen Polizeiwagen, in dem zwei nicht holländisch sprechende Polizisten saßen.

10 Konzertierte Aktion

Kaum war die erste Lektion zur strategischen Überwindung der polizeilichen Straßensperre, die eher eine Planungsrunde war, vorbei, bat Pirmin den Pathologen auf ein Wort zu sich. Seine Mitarbeiter hatten nämlich einen mehrmaligen und eher verzweifelten Versuch der Kontaktaufnahme abgefangen, die von einem niederländischen Professor der Psychiatrie stammte. Dieser versuchte seit Tagen, den Pathologen am Handy zu erreichen.

Pirmin spielte dem Pathologen einige Sprachnachrichten vor. Darauf war ein Mann zu hören, der Botschaften vom Eismann zu überbringen schien.

„Ich kenne den Mann nicht. Weder Name noch Stimme", sagte ein besorgter Pathologe.

„Wir haben es verifiziert. Das Handy, von dem der Anruf kam, ist tatsächlich auf den Psychiater angemeldet. Und er ist Teil der Wissenschaftsmannschaft in Ötzis Anlage."

„Warum will er mit mir sprechen? Könnte das nicht eine Falle sein?" Der Pathologe blieb besorgt.

„Natürlich. Aber vielleicht möchte er kooperieren? Vielleicht ein guter Mensch?", gab Pirmin zu bedenken. Da für den übernächsten Tag bereits die Abreise nach Holland geplant war, einigten sich Pirmin und der Pathologe darauf, das Angebot für ein Treffen anzunehmen.

Der Pathologe bestand aber auf Geleitschutz. Da Dimitri in beider Augen zu riskant war, schlug Pirmin vor, Gambalunga zu aktivieren. Der Pathologe willigte ein, schließlich sei sie jemand mit einschlägiger Ausbildung.

Am nächsten Tag war im Schweizer Refugium eine Stimmung, die vor gespannter Vorfreude knisterte. Alle Schüler des Pirmin Wüthrich waren gelöst durch die Tatsache, dass nach Monaten des Bangens und der Ohnmacht endlich etwas unternommen wurde. Um die Mannschaft auf die letzten Details des Plans einzuschwören, versuchte der Ausbildner und Einsatzleiter mit den Kadetten den heikelsten Moment der Befreiung noch einmal durchzuexerzieren.

Dafür stand er am Pult wie ein Dirigent, den Kopf gesenkt, als würde er seine eigenen Schuhe betrachten, obwohl er die Augen geschlossen hatte. Dann rief er einen nach dem anderen auf und begleitete die nominale Aufforderung mit ausladender Gestikulation: „Der Journalist!"

„Ich navigiere Charly, der am Steuer des gekaperten Polizeiwagens sitzt, zur Westseite der Anlage, wo außerhalb des Zaunes am Straßenrand der Schaltkasten des Kommunalbetriebes steht. Ich steige aus und begebe mich 50 Meter Richtung Norden, um genau am nordwestlichen Eck des Begrenzungszaunes meinen Beobachtungsposten zu beziehen. Bei Gefahr informiere ich sofort Dimitri. Erst auf sein Kommando ...", der Journalist drehte sich zu Dimitri um, was dieser mit „... saftleer ist der Laden" quittierte. „Erst auf dieses Kommando", fuhr der Journalist fort, „laufe ich zurück zum Polizeiauto und steige wieder in den Wagen. Dann fahren wir zum südlichen Tor."

Pirmin machte eine kurze ruckartige Handbewegung, als wollte er den Redefluss des Journalisten per Luftzug kappen. Er setzte aber seine Partitur unmittelbar *fuocoso* fort: „Charly?"

„Ich fahre da hin, wo mir gesagt wird. Dort angekommen, helfe ich Dimitri, den Übertragungswagen mit dem Schaltkasten zu verkabeln. Alles, was ich tun muss, sagt mir Dimitri im selben Moment. Dann warte ich auf das Kommando von Dimitri." Auch Charly drehte sich zum Russen hin. „Der gibt mir sein Kommando …"

„… saftleer ist der Laden", wiederholte der Exrotarmist. „Aber zuerst überspanne ich die ganze Stromzufuhr mit ordentlich viel Volt, sodass Sicherungen tot werden."

Charly übernahm *attacca* von Dimitri.

„Dann warte ich auf den Journalisten und fahre los. Wir fahren zum Südtor. Dort bleibe ich mit dem Wagen genau über dem zentral auf der Straße liegenden Kanaldeckel stehen. Und warte wieder auf Dimitri, bis es weitergeht."

Pirmin Wüthrich war stolz auf seinen Charly, der bis dato als schwächster Schüler galt, und rief mit einem leichten Schmunzeln *burlesco*: „Dimitri!"

„Ich aktiviere zunächst das Handystörsender, drehe die Satellitenschussel Richtung Sudtor. Dann öffene ich die Bodenluke im Wagen. Dann den Kanaldeckel mit dem Brucheisen. Sobald es offen, schutte ich Kanister auf Glasfaserkabel und habe Freude, wie es zersetzt sich."

„Wie lange wartest du?", fuhr Pirmin *con effetto* dazwischen.

„Exakt zwei Minuten. Dann gebe ich euch Funksignal", antwortete Dimitri.

Pirmin fuhr *andante* fort und hatte zunehmend Freude mit dem Plan: „Gambalunga!"

„Wir warten genau acht Kilometer weiter nördlich auf der zweiten Zufahrtsstraße. Sobald der Helikopter uns passiert hat Richtung Anlage, setzen wir uns in Bewegung."

„Der Brite."

„Ik fliege mit dir Schweizer, von Norden kommend first zu Polizeiwachpfosten? Heißt so? The policecar jedenfalls. Da werfen wir Be…, Be…, betau.., fucking hard language.

We daze them. Mit de Kapsel, das wir abwerfen. Then we continue Flug zu Anlage, wo wir am Sudtor runtergehen."

„Gambalunga?"

„Wir sollten bei der Polizeisperre ankommen, wenn die beiden Beamten durch das Betäubungsgas außer Gefecht sind. Wir versichern uns, dass dies so ist. Nehmen uns ihre Uniformen und setzen sie in unseren Wagen. Dann fahren wir mit dem Einsatzwagen zum Südtor. Dort angekommen, gebe ich Dimitri ein Zeichen, indem ich dreimal kurz hupe. Bei mir im Wagen sind …"

„… ich", sagte der Pathologe.

„… und ich", sagte die Direktorin.

Pirmin hob beide Arme hoch, als wollte er ins *prestissimo* wechseln. Denn nun kam der entscheidende Moment: das Eindringen in die Anlage.

Hierzu waren zwei Varianten angedacht, die innerhalb der Befreiungsmannschaft zum Teil noch recht heftig diskutiert wurden. Zum einen war da jene Fraktion um den Pathologen, die Direktorin und den Journalisten, die eher für den Einsatz von List und Täuschung plädierten, während zum anderen die Gruppe mit Dimitri, Pirmin, Gambalunga und Charly Weger sowie dem Briten eher für den gezielten Einsatz von Plastiksprengstoff am Schloss des Gitters waren.

Man einigte sich also im Grunde auf einen Kompromiss bzw. auf den Einsatz beider Wege, nicht als parallele, sondern als alternative Abfolge. Was aber auch nicht zum Tragen kam, da zwei Tage später die Situation wieder eine völlig andere war.

11 Mentale Hilfe

Der Pathologe war ein Mann, der zeit seines Lebens eigentlich immer stolz darauf war, gut einschätzen zu können, ob er eine Situation im Griff hatte oder nicht. Diese Situation hier schien ihm aber weder unter Kontrolle noch überhaupt greifbar zu sein. Saß der Pathologe doch in einem Wagen, den ihm der inoffizielle Chef des überall dementierten Vatikangeheimdienstes besorgt hatte, mitten in einem holländischen Kuhdorf vor einem Café. Mit ihm eine Excommissaria der italienischen Staatspolizei, deren Liebeswahn polizeibekannt war.

Gemeinsam warteten sie auf einen sonderbaren niederländischen Psychiatrieprofessor, der ein geheimes Treffen gewünscht hatte, um Botschaften der wiedererweckten Gletscherleiche zu überbringen. Das Ganze einen Tag bevor man besagte Exleiche aus mehrstaatlichen Fängen zu befreien trachtete, mit einer Gruppe von Amateuren in Sachen Geiselbefreiung. Nicht dass der Pathologe glaubte, hierfür bräuchte es Menschen mit großer Erfahrung. Nein, das nicht. Aber kein bisschen Erfahrung ist zu wenig. Zudem hätte es sicher in den Reihen der Vatikansicherheitsleute genügend Abgebrühte gegeben. Aber aus irgendwelchen politischen Gründen hatte der Papst wohl entschieden, dass Ötzis Freunde die Aktion privat durchführen sollten. Wahrscheinlich für den Fall des Scheiterns. Damit der Vatikan nicht unmittelbar in der Sache drinhänge. Nur mit Pirmin, der aber offiziell schon lange pensioniert war.

Diese und ähnliche Gedanken waren schuld, dass der Pathologe Valeria Gambalunga nicht wahrnahm. Obwohl sie ihn schon dreimal darauf aufmerksam gemacht hatte, dass der Professor eingetroffen war. Sie hatte auch schon das Umfeld gecheckt. Er schien tatsächlich allein.

Kurz vor der Eingangstür des Cafés hielt Gambalunga den Pathologen an. Sie schaute ihm in die Augen und sagte: „Ich gehe direkt auf die Toilette und checke die anderen Räume. Du trittst erst ein, wenn ich dir ein Zeichen gebe." Dann griff sie instinktiv an ihren Brustholster, zur Waffe, die ihr Pirmin mit der zigfachen Mahnung ausgehändigt hatte: „Nur im absoluten Notfall!"

Mit diesem Handgriff trieb sie den Pulsschlag des Pathologen extrem in die Höhe. Der zugleich so tat, als musterte er noch angenehm entspannt die Straßen des kleinen holländischen Örtchens.

Eine ewige Minute später war Gambalunga wieder von den hinteren Räumlichkeiten retour und winkte den Pathologen herein.

Als er eintrat, sah er zunächst den Besitzer des Cafés, der aussah, als sei er ein holländischer Cousin des Journalisten oder wenigstens aus derselben Kommune. Er grinste gechillt durch seinen zerzausten Bart, und seine langen Haare wippten ein „Herzlich willkommen".

Der Pathologe grüßte freundlich zurück und ließ seinen Blick durch das Lokal schweifen. Als seine Augen bei Gambalunga vorbeizogen, streckte sie ihren Daumen versucht unauffällig in Richtung eines Mannes, der ganz allein hinten im Eck des Cafés saß. Der Pathologe schritt langsam zu ihm hin.

Im selben Moment saß 15 Kilometer Luftlinie entfernt der Mann aus dem Eis in seiner Zelle am Boden, an die Wand gelehnt und mit seinem Kopf auf den Knien. Er spürte in exakt dieser Sekunde jemanden, der sich ihm näherte und von dem ein gutes Gefühl ausging. Er hob seinen Kopf und begrüßte ihn mit seinem mildesten Lächeln.

Der Pathologe hatte bei dem Psychiater sofort ein sehr gutes Gefühl, als er ihm die Hand zur Begrüßung hinstreckte. Der Mann nahm seine Brille ab und lächelte. Auch Gambalunga setzte sich und hatte in diesem eigentlich leeren und nicht sonderlich gemütlichen Café in Holland – einem Land, in dem sie noch nie zuvor gewesen war – plötzlich das Gefühl, zu Hause zu sein. Keiner der Anwesenden sagte etwas. Bis der Psychiater im Ausnahmezustand beide mit „Fri" und einer zärtlichen Handberührung begrüßte.
Der Pathologe wusste weder, wie ihm geschah noch wie man diese Begegnung zu verstehen habe. Er hatte das Gefühl, gleichzeitig hier gefangen zu sein wie auch irgendwo weit weg – in der Vergangenheit vielleicht, aber auch irgendwo in der Zukunft. Und so, als mache sich sein Mundwerk vom Hirn selbstständig, beobachtete er sich selbst, als er fragte: „Wie geht es dir?"

Der Eismann saß immer noch gleich da in seiner Zelle. Eine Träne floss über seine Wange, und er sagte: „Ich lebe. Aber meine Seele geht langsam wieder zurück in die andere Welt. Sie will diesen Ort verlassen. Bald."

„Wir kommen zu dir!", sagte Gambalunga zu dem Holländer, der nur dasaß und sein Gegenüber mit einem Blick anschaute, der nicht von ihm zu stammen schien.
„Wir kommen bald, schon morgen", sagte der Pathologe und drehte sich reflexartig um, da er Angst hatte, jemand im Raum hätte das gehört und verstanden.

„Gut."

Ötzi senkte wieder seinen Kopf auf die Knie.

„Ich werde auf euch warten."

Der holländische Psychiater schlug eine Viertelsekunde später mit seinem Kopf auf dem Tisch auf und blieb in dieser Position liegen. Der ehemalige Chef der Pathologie und die ehemals leitende Kommissarin einer weit entfernten Provinz erschraken gar nicht, da sie immer noch unter dem Einfluss des eben Erlebten standen. Ebenfalls nicht einmal geringfügig aus der Fassung schien der Kaffeehausbetreiber, der sich näherte und die Tasse Spezialteemischung des gerade Weggetretenen in die Hand nahm, um daraus einen kräftigen Schluck zu nehmen. Den Schluck behielt er aber im Mund und spielte damit, wie es ein Verkoster tut. Nachdem er mit seiner Zunge den Tee mehrmals um den Gaumen geschnalzt hatte, schluckte er das Gebräu langsam hinunter, sodass es die beiden Beobachter akustisch bis in die Magengegend verfolgen konnten.

Dann sagte der Cafetier nichts anderes als: „Vielleicht eine bisschen zu viel erwischt, aber noch im Rahmen des Genüsslischen." Er richtete das Wort nun an die beiden ebenso am Tisch Sitzenden mit der Frage, was er denn bringen solle: „Auch einen Tee?"

Der Pathologe und Gambalunga schüttelten synchron den Kopf. „Ich glaube, ich brauche einen Kaffee", sagte die Excommissaria, und ihr Begleiter sagte: „Auch bitte!"

„Good", erwiderte der Kaffeehausbesitzer, „und natürlich eine bisschje Gebäck dazu?" Da keiner der beiden Gäste und auch nicht der Psychiater eine Regung zeigten, interpretierte es der Gastronom als Zustimmung.

Beim Kaffee saßen Gambalunga und der Pathologe noch stumm da und fühlten Sehnsucht und Traurigkeit zugleich. Aus diesem Grunde verzehrten sie wohl auch das Gebäck, das mit zunehmender Stückzahl immer mehr mundete.

Der hohe Zuckeranteil der Vanillekipfel, die in Holland wahrscheinlich einen anderen Namen tragen, ließ das THC der Spezialzutat durch die Magenschleimhäute direkt in die Blutbahnen gleiten und durch die Adern in die äußere Hirnrinde turnen, so wie Astronauten sich in der Schwerelosigkeit amüsierten. Genauso ging es Valeria Gambalunga und dem Pathologen, als sie eine gute Stunde später und nach dreimaliger Keksnachbestellung das Café verließen. Nicht ohne vorher dem immer noch in einer anderen Bewusstseinsebene verweilenden Psychiater eine Nachricht zuzustecken. Auf einer Serviette hatten sie ihn in Kenntnis gesetzt, dass man am nächsten Tag in der Anlage auftauchen würde, um den Eismann zu befreien. Und falls er dort sei – auf diesem Passus bestand der Pathologe –, wäre man sehr erfreut über seine etwaige Hilfe.

Nachdem die beiden nach einer überschwänglichen Verabschiedung des Besitzers das Café verlassen hatten, dauerte es gut eine halbe Stunde, bis sie erst ihr Auto entdeckten und dann eine Möglichkeit, wie sie in den Wagen steigen konnten. Gambalunga war überzeugt, dass direkt rechts neben dem Wagen ein rosa Elefant und links daneben ein U-Boot der schwedischen Schwulenvereinigung geparkt war, sodass nur mehr der Weg über den Kofferraum blieb.

Da Pirmin Wüthrich aufgrund seiner Nationalität und seiner Zugehörigkeit zum Jesuitenorden kein Geldverschwender war, war der Leihwagen eher klein geraten. Hinzu kam die Tatsache, dass der Pathologe seine gelenkigsten Zeiten hinter sich hatte. Was die Einstiegsprozedur erheblich in die Länge zog.

Währenddessen parkte der im Ort wohnhafte, aber im Nachbardorf diensttuende Landpolizist Wim Klopper auf seiner feierabendlichen Runde direkt neben dem Wagen der beiden. Er wusste aufgrund des Abstinenzgebotes der holländischen Polizei ja nichts vom rosafarbenen Elefanten. Vielmehr entdeckte er im Wagen eigenartige Verhältnisse. Da war ein nicht mehr ganz junger Mann, der mit tief nach unten gerutschten Hosen gerade sein Hinterteil am hinteren Seitenfenster rieb, weil er versuchte, über den Rücksitz zu klettern. Geschoben und gezogen von einer Frau, die noch zum allergrößten Teil im Kofferraum des Kleinwagens kauerte.

Wim Klopper war grundsätzlich ein freundlicher Zeitgenosse und fragte daher, begleitet von einem Klopfen an die Scheibe, ob er denn behilflich sein könne. Da Valeria Gambalunga sofort einer panischen Angst samt lautstarkem Hilfeschrei verfiel, weil plötzlich neben dem Wagen statt des schwedischen Schwulenunterseebootes eine sprechende, grün gestreifte Zapfsäule stand, wusste Wim Klopper, dass er handeln musste.

Mit etwas körperlichem Einsatz holte er den älteren Herrn und die junge Frau aus dem Kleinwagen und verfrachtete sie in seinen Dienstwagen. Dann brachte er sie unter Protest und dem Absingen irgendwelcher Volkslieder in die Ausnüchterungszelle seiner Polizeistation. Den Papierkram zu dieser Geschichte beschloss er am darauffolgenden Tag zu erledigen. Schließlich war ja schon Feierabend.

Das Gefühl von Feierabend kam gleichzeitig auch bei Pirmin Wüthrich auf. Allerdings als ein Gefühl für die gesamte geplante Aktion. So als ob sie zu Ende sei, bevor sie noch richtig begonnen hatte.

Pirmin hatte in weiser Voraussicht den Pathologen und Gambalunga mit einem Transponder versehen und musste so leider feststellen, dass ihr aktueller Aufenthaltsort eine Polizeistation war. In seiner Verzweiflung bat er Dimitri zu sich, um die Lage zu besprechen. Der hatte eine klare Meinung zu dem Vorfall. Eine Meinung, die im Wesentlichen aus zwei Argumentationslinien bestand: Erstens komme das davon, dass man eine junge Frau seiner Erfahrung vorziehe, und zweitens müsse man rasch ins Handeln kommen, da ja für den nächsten Tag die eigentliche Befreiung geplant sei. Und schließlich sei man ja durch Wüthrichs obersten Chefs Vorsehung hier, im Lande der Käseköpfe, um den Eismann zu befreien. Also könne eine kleine Aufwärmrunde auch nicht schaden. Schließlich seien er und Pirmin ja schon lange im Geschäft und zuletzt nicht mehr ganz so aktiv wie früher.

„Okay, okay!", unterbrach Pirmin. „Wir haben ohnehin keine andere Wahl."

Als Wim Klopper am nächsten Tag auf die Polizeistation kam, fand er in der Ausnüchterungszelle statt der Verhafteten des Vorabends seine zwei Kollegen der Nachtschicht vor. Beide stanken dermaßen nach Wodka, dass er beschloss, sie weiter in der Zelle zu lassen. Doch die Geschichte von den zwei freundlichen Patres, die gerade zu Fuß durch ganz Holland unterwegs waren, um all die nachtaktiven Menschen im Einsatz für die Gemeinschaft zu besuchen und mit Weihwasser zu segnen, diese Geschichte glaubte Wim Klopper seinen Kollegen einfach nicht.

Ähnlich gelagerte Probleme in Sachen Akzeptanz des Erlebten hatten der Pathologe und Gambalunga in ihren eigenen Reihen. Aber schließlich war es spät und man sollte allesamt ins Bett, weil der nächste Tag ein entscheidender war.

„Aber eine Frage hätte ich dennoch", sagte Pirmin mit einem langen Blick in die glasig geröteten Augen des Pathologen, dessen Pupillen fast die Größe der Augäpfel hatten.

„Ja?", sagte der Pathologe.

„Wie seid ihr mit dem Psychiater verblieben?"

„Nun", sagte der Pathologe unsicher. „Ich denke, er wird uns bei der Befreiung helfen."

„Aha!", sagte Pirmin.

„Ja?", sagte Dimitri.

„Jedenfalls", stotterte der Pathologe, „haben wir diesbezüglich eine Nachricht erhalten."

„Von ihm an euch?" Pirmin ließ nicht locker.

„So in etwa", führte der Pathologe aus.

„Gut, sehr gut. Du solltest ihn kontaktieren."

12 Die Anlage

Da Ötzis mentaler Zustand seit einigen Tagen auch für das Wissenschaftsteam, das ihn laufend untersuchte, besorgniserregend war, entschied man, ihn an diesem Morgen mit einem riesigen Touchscreen zu überraschen. Dieser war eigentlich dafür vorgesehen, mit ihm kognitive Tests durchzuführen. Da er aber bereits einige führende Wissenschaftler mit seiner Fragerei ziemlich überfordert hatte, hatte man von diesem Plan abgesehen.

Zunächst beachtete der Eismann den Bildschirm gar nicht, ebenso wenig wie die beiden Assistenten, die das Gerät in seine Zelle geschoben hatten. Er kauerte bewegungslos in seiner Ecke. Bis er aufsah und sich mit gehemmter Neugier dem Touchscreen näherte. Aus dem Lautsprecher drang leise Entspannungsmusik, die langsam lauter wurde und an die Beschallung des Spabereichs eines Mittelklassehotels erinnerte.

Auf dem Bildschirm lief eine Slideshow mit Bergbildern. Bildern, die im Kopf des Luh ein Blitzgewitter an Erinnerungen abfeuerten, an eine Zeit, in der er mit seinen *Fri* eine wunderbare Zeit in einem verlassenen Berggasthaus genossen hatte. Diese Bilder hoben seine Stimmung deutlich.

Er begann jedes neu erscheinende Bild zu grüßen, indem er seine Handfläche auf den Screen legte. Dann schloss er die Augen und sah seine Freunde, wie sie direkt vor der Anlage standen. Sie standen in jener Richtung, in der die Sonne am höchsten stand, der Tag am weitesten von der letzten und der nächsten Nacht entfernt war. Sie schienen unschlüssig, wie sie die letzten Hürden zu ihm überwinden sollten.

Dann hörte Luh ein dumpfes Donnern, das ihn an den Riesenvogel erinnerte, der ihn verfolgt hatte, bevor er abgestürzt war. Jetzt wusste er aber, dass es eine dieser Flugmaschinen der Menschen von heute war. Luh hatte Angst, die sich verstärkte, als Männer zur Tür hereinkamen, die er noch nie gesehen hatte. Dunkle Männer. Die ihn durch die langen Korridore zogen.

Plötzlich fiel das Licht aus. Alles war dunkel. Rechts und links hielt ihn einer am Arm. Ein dritter ging voraus mit einer Waffe im Anschlag. Dann öffneten sie eine Tür und grelles Licht blendete den Mann aus dem Eis, der nun ein ganz lautes Donnern vernahm. Die Männer zogen ihn bis zur Flugmaschine, obwohl er sich fallen ließ, da seine Knie zitterten.

Kurz darauf hob der Helikopter Richtung Süden ab.

Während weit in der Ferne noch das leichte Hämmern eines Helikopters am Himmel zu hören war, stand vor dem von der Außenwelt isolierten Gebäudekomplex, den nur mehr ein hoher Zaun schützte, eine Einsatztruppe, wie sie die Welt noch nicht gesehen hatte. Zentral in der Reihe stand der Einsatzleiter Pirmin Wüthrich, Schulter an Schulter mit dem zweiten kampferprobten Agenten Dimitri. Sie hatten sich für das Outfit des Technikers entschieden. So konnten sie in den überall am Overall angebrachten Taschen jede Menge technische Spielereien verstauen.

Sie wurden eskortiert von den zwei Polizisten Charly Weger und dem Journalisten. Dazu kamen zwei weitere Polizistinnen, die Direktorin und Gambalunga. Zweitere stellte fest, dass die Uniformen der niederländischen Kolleginnen im Vergleich zu den Outfits der italienischen Polizei weitaus weniger figurbetont waren. Diese Gedanken um die Details machte sich die im Zivilberuf als Direktorin des

Archäologiemuseums in der Provinz tätige Polizistin hingegen nicht. Sie fühlte sich sowieso gänzlich deplatziert.

Zwar hatte der Pathologe mit seiner Verkleidung am wenigsten Probleme, trug er doch einen weißen Ärztekittel. Aber trotzdem konnte man nicht behaupten, dass ihm sehr wohl war in seiner Haut.

Da Charly höchst angespannt war, weil er sich freute, in Kürze Luh wiederzusehen, blieben nur drei, die sich gerade pudelwohl fühlten. Der Schweizer, weil alles bisher so exakt wie ein Uhrwerk aus der Heimat funktionierte, und der Russe, der langsam begann, Freude über diesen Tag zu empfinden. Der Dritte war der Brite, der sowieso ein Faible für alles Exaltierte hatte. Also war es auch nicht wenig überraschend, als er sagte: „Soll ich mir einfach dagägen schmaißen?" Die erstaunten und zum Teil verständnislosen Blicke wischte er weg mit einem „Mit the whole body I mean".

Während die Mannschaft diesen Vorschlag kurz abwog, beobachtete der Pathologe, wie jemand aus dem Gebäude Richtung Tor kam. Es war der Psychiater, der den Wachmann anwies, das Tor zu öffnen und die Wartenden passieren zu lassen. Der Pathologe grinste breit bis zu den Ohren und suchte mit seinen Blicken Bestätigung beim Einsatzleiter Wüthrich.

Kaum standen sie hinter dem Eingangstor vor dem Psychiater und sahen dessen schockierten Gesichtsausdruck und dessen Tränen, hörten sie einen kurzen Satz aus seinem Mund.

„Er ist nicht mehr unter uns."

13 Luhs Albtraum

Zweimal war Luh bereits gestorben in seinem Leben. Das wusste er, obwohl er sich nicht mehr daran erinnern konnte. Weder an jenen Tod, der ihn vor über 5.000 Jahren oben am Berg unter Schnee und eine Eisschicht legte, noch an jenen Tod, der noch keine zwei Jahre zurücklag.

Als er darüber nachdachte, kam eine lange verschollene Erkenntnis zu ihm zurück: Wer tot ist, den verlässt die Seele, und deshalb ist da keine Erinnerung mehr. Ohne Erinnerung haben wir Menschen keine Seele. Ohne Seele keine Erinnerung. Menschen, die nichts erleben, was einer Erinnerung wert ist, sind seelentote Menschen. Ihre Anima ist krank. In Luhs erster Zeit stand das *kr* für etwas, das nicht ist. So wie heute das *un*. Und das *ank* war der Anker, die Verbindung. Es fehlt also die Verbindung des Menschen zu seiner Anima. Wenn wir unsere Lunge leeren, hören wir ein leichtes „Aaah". Wenn wir durch die Nase einatmen, hören wir ein leichtes „Nnnn". Das Wort für *atmen* im Neolithikum war *an*. Ein Wort, das den Klang des Atmens nachahmte. Aber es bedeutete viel mehr als das. Es war das Leben an sich. Alle Lebewesen müssen atmen. Wer aufhört zu atmen, hört auf zu leben. Egal ob menschlich oder animalisch. Denn selbst in diesen beiden Begriffen bildet *an* den Kern. Im heutigen Wort Mann sind die zwei Konzepte *m*, das für *mich*, *das Selbst*, steht, mit dem *an* verbunden. Mensch ist nur, wer atmet.

Luh atmete schwer im Bauch dieser Maschine, die ihn forttrug in die weite Luft, da wo aller Atem wohnt, der Menschen, die sind und die waren in dieser Welt. Hier oben war ihm, als würde er all den Seelen begegnen. Und die Seelenteilchen drangen ein in seinen Mund.

Weil er alles spürte, sah und roch, was sie mit sich trugen an Leben, schloss er den Mund. Es war zu viel. Aber die Seelenteilchen schwebten durch seine Nase hinein in eine Lunge, in der sie sich zusammen verwirbelten, um dann hinauf in sein Gehirn zu segeln. Dort hingen sie sich an die Synapsen und brachten all sein Sein durcheinander. Alle Erinnerungen all seiner Leben. Des langen Lebens und dessen, was hier noch übrig war.

Der Eismann wurde apathisch, weil ihm seine Seele unendlich oft verdünnt mit anderen Seelenteilchen schien. Zwischendurch zuckten seine Synapsen und brachten Ideen hervor. Man könnte diesen Zustand homöopathisch nennen, dachte er.

Einer der schwarzgekleideten Männer, die neben ihm saßen, maß Luhs Puls und sah kopfschüttelnd sein Gegenüber an.

„Soll ich ihn nicht besser sedieren?", fragte er mit Schweizer Akzent.

Der angesprochene Mann nickte.

Kurz darauf fiel Luh in einen tiefen Schlaf.

14 Der Albtraum der Helfer

In einer tiefen Sturzdepression steckten zur selben Zeit die Retter des Luh, die knapp hinter dem Eingangstor der Anlage teilweise sogar nach Luft röchelten. Die etwas eigenartige Formulierung des Psychiaters zum Verbleib des Eismannes hatte Wirkung gezeigt: Gambalunga brach in einen Schreikrampf samt Tränensturz aus. Charly Weger raufte sich das Kopfhaar und rannte im Kreis. Der Journalist fror in seinem Hähblick ein. Der Brite fluchte mit Dimitri um die Wette.

Pirmin, der Pathologe und die Direktorin nahmen den armen Psychiater ins Kreuzverhör: „Was heißt das? Was ist passiert?"

Der Psychiater versuchte der Reihe nach zu antworten: „Nun, er ist nicht mehr unter uns, heißt, er ist weg. Nicht mehr da. Jemand hat ganze Strom abgedreht, alle Handy gehen nicht, kein Internet, nix. Innen war alles ein Chaos. Das haben Männer ausgenutzt und der Eismann entführt. Mit die Heli."

Nun stimmte auch Pirmin Wüthrich in den Chor der Fluchenden ein: „Gopfertammi! Die Huere Tschapatalpi!" Dabei stampfte er mit dem rechten Fuß ordentlich auf den Boden.

Keiner der Anwesenden schien ihn zu verstehen. Allerdings waren Mimik, Gestik und Phonetik mehr als eindeutig.

Nach diesem kurzen emotionalen Ausrutscher kamen die Damen und Herren des Befreiungskomitees wieder langsam in die Nähe ihrer Ratio. Aus diesem Grunde beschlossen sie, den Ort des Geschehens umgehend zu verlassen, um nicht von den Sicherheitskräften mit irgendwelchen sinnlosen Fragen oder Verdächtigungen aufgehalten zu werden.

Deshalb erfolgte ein recht abrupter Rückzug ins Schweizer Hauptquartier. Auf dem Weg dorthin versuchte Pirmin Wüthrich immer wieder sein Glück, um über seinen Stab oder den einen oder anderen informellen Kanal, den er zu den meisten Geheimdiensten hatte, etwas in Erfahrung zu bringen. Aber außer der Tatsache, dass alle abstritten, auch nur im Geringsten mit der Sache zu tun zu haben, wusste niemand etwas. Stattdessen hagelte es Beschuldigungen. Pirmin skizzierte laufend mit und erkannte in seinen Schlangenlinien, dass im Grunde jeder jeden anschwärzte.

Bis auf die Erkenntnis, dass es eine undurchsichtige Gemengelage zwischen den einzelnen europäischen Staaten gab, lief dieser Versuch ins Leere.

Eine ebensolche Leere verspürten alle Freunde des Luh in den Tagen darauf. Sie sprachen kaum miteinander. Bewegten sich wie eingesperrte Tiger durch das Haus. Pirmin wurde von Stunde zu Stunde nervöser, weil er dauernd Mitarbeiter zu sich rief, die ihm nur sagen konnten: „Alles negativ, absolut keine Spur."

Der Pathologe seinerseits machte sich Sorgen um Charly Weger, da dieser seit mittlerweile 52 Stunden einfach dasaß und die Stirn runzelte, flach atmete und auf nichts in der Umgebung reagierte, weder auf die Aufforderung, schlafen zu gehen, noch die Einladung, etwas zu essen. In der 53. Stunde schließlich stand er auf und verlangte nach einem PC mit Internetanschluss. Pirmin ließ einen seiner Assistenten das gewünschte Gerät bringen, das man für Charly in der Bibliothek aufbaute.

Als sich Charly an den PC setzte, begann er wie besessen viele Browserfenster zu öffnen und immer wieder dieselben Sätze zu wiederholen: „Ich muss es finden. Es wurde bereits erzählt. Es steht im zweiten Band. Ich muss nur die Stelle finden."

„Ruhig, Charly, ganz ruhig", sagte der Pathologe und legte seine Hand auf die Schulter von Charly Weger. Der blieb davon aber unbeeindruckt und vertiefte sich immer mehr in seine Suche.

Schließlich fand er das Buch. Zunächst nur als illegalen Download, was ihn fast zum Auszucken brachte über so viel Respektlosigkeit dem geistigen Werk eines Autors gegenüber, das ganz und gar nicht so behandelt gehörte. Schließlich sei ein Buch zu schreiben viel Arbeit. Nicht nur, dass man sich zuweilen tagelang über den Fortgang einer Geschichte den Kopf zerbrechen müsse, sondern auch die anstrengende Niederschreiberei sei energieraubend. Vor allem, weil man ja in dem Moment, in dem man die Geschichte zu Papier bringe, im Kopf schon viel weiter sei und man in diesem Jetzt des Schreibens hänge, das aber bereits passé in der geistigen Ausgestaltung sei. Zwischendrin fragte Charly Weger ausgerechnet Dimitri, ob er das verstehe.

„Natürlich! Alles bekannt und bereits abgefühlt", sagte Dimitri.

Charly hielt kurz inne, dankte dem Russen ausführlich für sein Verständnis und Mitgefühl, um dann noch mal den Buchtitel auf legalem Weg über eine Online-E-Commerce-Plattform als E-Book zu erwerben. Dazu hielt er seine rechte Hand über seine Schulter nach hinten, mit der Handfläche nach oben. Er begleitete die Szene mit einem lapidaren „Kreditkarte!".

Die Anwesenden schauten sich erstaunt in die Augen. Nur der Brite griff sich an das Gesäß und holte ein Portemonnaie heraus, das geradezu schwanger an Kreditkarten war. Kaum eine halbe Minute später hatte Charly das E-Book am Schirm und begann es zu überfliegen. Er blätterte wie vom Teufel verfolgt weiter. Bis er endlich stehen blieb auf Seite 101 mit den Worten: „Hier steht es!"

Rund um den Bildschirm kuschelten sich wissbegierig der Schweizer Jesuitengardist, der russische Mikrobiologe mit KGB-Vergangenheit, der pensionierte Pathologe, die ehemalige Kommissarin der italienischen Staatspolizei, die beurlaubte Direktorin des einzigen Archäologiemuseums mit der berühmtesten Gletscherleiche weltweit, der Journalist und der britische Adelige. Alle lasen die Passage, die davon erzählte, wie das Auto von drei Männern auf einer Passstraße von einem Auftragskiller beschossen wurde.

„проклятый", sagte Dimitri.

„Damn shit", sagte der Brite.

„Hardigatti", sagte der Pathologe.

Plötzlich kam bei den drei Herren die Erinnerung wieder zurück. Dieser Angriff damals war nie aufgeklärt worden. Es war nur klar gewesen, dass es keine offizielle Behörde sein konnte. Damit wussten alle unausgesprochen, dass Luh sehr in Gefahr sein musste.

„Also müssen wir jetzt ermitteln, wer das war", sagte Charly Weger. Dimitri, der Pathologe und der Brite nickten zustimmend. Charly freute sich nicht nur über den bisher einzigen Ermittlungsansatz, sondern auch über die Tatsache, dass die damalige Szene sich im Nachhinein nicht mehr als dramaturgische Sackgasse entpuppte.

Pirmin Wüthrich bat Charly Weger, ganz nach vorne zum Titel des Buches zu klicken. Er las laut vor: „Die unglaubliche Reise des Bruder Luh, früher bekannt als Ötzi." Er sah in die Runde. Alles grinste.

„Ich kenne das Buch nicht", sagte der Schweizer sehr verwundert.

Charly stand auf, klopfte dem Schweizer tröstend auf die Schulter und sagte im Weggehen: „War vor deiner Zeit. Du bist erst neu in der Geschichte."

Teil 3:

Suchen

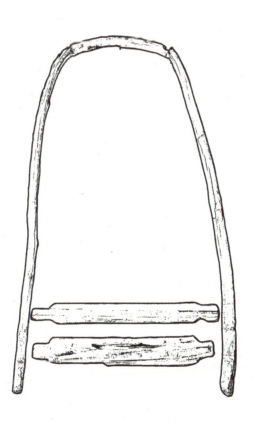

15 Der Ausbruch

In der Geschichte der Menschheit gab es immer wieder Männer und vereinzelt auch Frauen, die morgens einen gewissen Groll hegten gegen die Welt. Dieser Groll bestimmte meist den unmittelbaren Tagesverlauf, aber manchmal auch die Gesamtkarriere. Das galt für Dschingis Khan, Stalin oder Johannes Paul II. ebenso wie für ähnliche Zeit- und Unzeitgenossen.

An diesem Morgen nach der Überstellung des Eismannes in ein Schweizer Versteck war auch Luh unendlich schlecht gelaunt. Er war so mies drauf wie schon seit 5.300 Jahren nicht mehr. Er konnte sich noch vage daran erinnern, dass er in den Arm gestochen wurde wie von einer Biene. Dann war es, als hätte sich ein Bär auf ihm schlafen gelegt und mit seinem langsamen Atem auch ihn in den tiefen Schlaf gelullt. Und als hätte der Bär geschnarcht, brummte auch Luhs Schädel an diesem neuen Morgen.

Als er aufwachte, sah er ein hell erleuchtetes Zimmer. Einen leeren Raum, dessen Wände ein sehr kleiner Mann mit türkiser Farbe hatte bemalen wollen, aber nur bis knapp zur halben Höhe gekommen war. Im Raum war nur ein Bett, in dem Luhs Körper lag. Eine Wand im Zimmer bestand zu einem hohen Teil aus dieser harten Luft, die sie Glas nennen. Auf der anderen Seite der harten Luft standen Menschen. Drei davon trugen weiße Mäntel. Zwei hatten dieses dunkle Gewand mit dem weißen darunter an. Um den Hals hatten sie dieses verknotete Band, das nach unten hing und mit einer Spitze auf ihren Pen zeigten. Das Band war immer bunter als das einfarbige Gewand. Luh blickte die Menschen draußen an. Sie schienen erstaunt. Dann versuchte Luh, vom Bett aufzustehen, musste aber erkennen, dass er daran gefesselt war.

Luh blickte auf die Männer und schrie aus dem Tiefsten seiner alten Seele heraus, sodass alle Anwesenden Angst hatten, die Glasscheibe würde bersten.

Da der Mann aus dem Eis nicht vorhatte, mit dem Schreien aufzuhören, betraten zwei der Männer im weißen Kittel seinen Raum. Einer oder beiden hatte eine Spritze in der Hand. Der andere verwehrte ihm aber den Einsatz und setzte sich neben Luh auf das Bett: „Bitte, bitte, beruhige dich."

„Gut", sagte Luh, „wenn ihr reden auch könnt, dann ist das besser, als nur so dumm durch die harte Luft zu schauen."

Der Mann im weißen Kittel lächelte freundlich.

„Ein Mei, ein Lachen, wie es heute heißt, im Gesicht ist auch gut." Luh lächelte zurück, um dann aber wieder sofort ernst zu werden. „Kommt, bindet mich los."

Die beiden Männer blickten sich kurz gegenseitig an, und der Ältere nickte dem Jüngeren zu. Luh wurde losgebunden. Er stand auf und bedankte sich.

Dann schritt Luh durch das Zimmer und machte zwei Kniebeugen mit ausgestreckten Armen. So wie es ihm Charly Weger einst beigebracht hatte. Jetzt war er bereit für die entscheidende Frage: „Warum habt ihr mich hierher gebracht? Was wollt ihr von mir?"

„Du solltest dich setzen", sagte der Mann.

Als Luh sich wieder auf das Bett gesetzt hatte, begann der Mann mit seinen Ausführungen. Luh sei Gast einer „Institution", wie der Mann es nannte. Diese Institution forsche sehr viel mit Menschen, vor allem, um kranken Menschen zu helfen.

Luh gratulierte dem Mann für das gute Ansinnen und bat ihn dann fortzufahren.

Luh sei, so der Mann, für die Institution von unschätzbarem Wert, weil er einen reinen Körper habe. Jede seiner Zellen könne Hoffnung bedeuten für viele Menschen.

Luh gab sich verständig und meinte, man hätte ruhig mit ihm darüber reden können. Er habe auch kein Problem, diese Menschen zu treffen. Er treffe immer gerne Menschen. Und Kranken könne er sicher den einen oder anderen Tipp geben, der noch aus seinem Leben vor 5.300 Jahren stamme. Er sei damals zwar kein Heiler gewesen, aber aufgrund seines Methusalemalters von 44 Jahren habe er mit dem einen oder anderen Gebrechen durchaus Erfahrung. Am meisten natürlich mit dem therapeutischen Tätowieren. Da sähe er sich auch in der Lage, so was als ergänzenden Dienst anzubieten. Natürlich müsse sich allerdings die Institution auf einen erhöhten Lärmpegel einstellen, da die Patienten an bestimmten Stellen sehr wehleidig seien. Das war früher so und werde wohl heute auch noch sein. Zumal er sowieso das Gefühl habe, die Menschen seien ziemlich verweichlicht mittlerweile. Aber alles in allem kein Problem, man könne sich jederzeit an ihn wenden. Nun wolle er aber endlich seine Freunde wiedersehen, und danke für alles.

Der Mann, an den Luhs Ausführungen gerichtet waren, wusste für einen langen Moment nicht, wie reagieren, dann sagte er ein langes „Ooohhh", schluckte und setzte fort: „So, glaube ich, haben wir uns das nicht vorgestellt. Was uns vielmehr interessiert, ist, einige bakterielle Untersuchungen bei dir durchzuführen. Dein Immunsystem interessiert uns besonders."

„Was meinst du damit?", sagte der Eismann.

„Nun, wir müssten ein paar klitzekleine Proben entnehmen."

„Warum sprichst du nicht so, dass ich dich verstehe?" Luh machte einen spitzen Mund.

„Kleine Proben heißt: ganz kleine Stückchen deiner Haut oder ein klitzekleines Teilchen von dir drin. Gewebe nennen wir das. Praktisch herausschneiden."

Luh stand auf und bewegte sich vom Bett weg. Rückwärts gehend. Er schaute dem Mann in die Augen. Ganz tief, als wollte er durch ihn hindurchschauen. Was Luh aber tat, war in die Seele des Mannes zu blicken, und alles, was er fand, teilte er dem Mann mit. All seine tief verschütteten Ängste, seine geheimsten Gefühle, seine unbewussten Fantasien und seine größten Hemmungen. All das sprach Luh aus, und es drang dem Mann durch seine Ohren in den Kopf hinein. Sodass der Mann, sein Wesen und seine Gedankenwelt durcheinanderkamen.

Nichts hatte mehr Kontrolle über das andere. Weder der Geist über den Körper noch der Körper über den Geist. Der Mann juchzte vor Freude, schrie orgiastisch und weinte wie ein kleines Kind. Abwechselnd. Gleichzeitig. Dann legte er sich auf den Boden. Alle seine Glieder zuckten, und er schlief ein.

Der Jüngere der beiden, der das ganze Spektakel mit offenem Mund und in gebührendem Abstand beobachtet hatte, floh panisch aus dem Raum, ohne die Tür des Zimmers hinter sich zu verschließen. Das war genau der Moment, auf den Luh gewartet hatte.

Er verließ das Zimmer und huschte mit einem dieser Krankenhaushemden, die hinten nur oben am Kragen verschnürt waren, durch die Gänge. Instinktiv folgte er einer Treppe nach unten und gelangte in einen langen Korridor. Dort merkte er, dass er am Hinterteil kalt hatte. Das weckte seinen Jagdinstinkt nach einem Tier, das vielleicht etwas Haut samt Fell entbehren konnte. Da traf es sich gut, dass er per Fügung des Schicksals an der Institutswäscherei vorbeikam, wo massenweise Bekleidung von Medizinern und Laborpersonal gestapelt lag.

Am meisten gefiel Luh das grüne Chirurgenoutfit, für welches er sich im Nu entschied. Darüber zog er noch einen weißen Mantel an, da er vorhatte, auf dem schnellsten Weg das Gebäude zu verlassen. Es wurde aber nicht der schnellste Weg, denn hinter der nächsten Brandschutztür warteten bereits zwei private Sicherheitsleute, die den Befehl hatten, den Patienten null – wie sie ihn in dieser Institution, die eigentlich die Forschungsabteilung eines internationalen Pharmakonzerns war, nannten – zu fangen.

Luh grüßte die Männer freundlich und machte ihnen klar, dass er leider nicht die Zeit hätte, mit ihnen zu plaudern, da er auf dem Weg nach draußen sei. Er würde sich aber freuen, wenn sie so lieb seien, ihm den Weg zu weisen.

Zu Letzterem zeigten sich die Herren durchaus bereit, allerdings in die andere Richtung.

Dem konnte wiederum der Eismann nicht zustimmen. Und um den beiden Herren, deren Gemüt die ehemalige Gletscherleiche riechen konnte, klarzumachen, warum dies keine Option war, begann er die Geschichte vom gefangenen Wolf zu erzählen.

Die Wachmänner waren vom ersten Satz der Geschichte an fasziniert und starrten gebannt auf Ötzis Lippen. Sie fieberten mit dem Schicksal des Wolfes aus Luhs Jugend mit. Und als der Mann aus dem Eis an der Stelle war, wo der Wolf auf die Hilfe eines Fremden angewiesen war, öffneten die beiden Herren mit einem gigantischen Lächeln und Tränen in den Augen den Notausgang, der vom Keller ins Freie führte. Der einzige Ausgang, dessen Überwachungskameras defekt waren.

Ötzi atmete tief durch und grüßte den Himmel, wie er es in seinem ersten Leben jeden Morgen gemacht hatte, wenn er vor seine Hütte getreten war. Er war sofort fasziniert von der erbaulichen Landschaft, die den unscheinbaren Gewerbebau umgab. Vor allem der Wald gleich hinter dem Gebäude übte eine starke Anziehungskraft auf Luh aus. Mit jedem Schritt, den er den Bäumen näherkam, hatte er das Gefühl, besser atmen zu können. Er spürte endlich wieder die Urkraft in seinen Zellen. Und kaum im Wald angekommen, legte er sich flach auf den Boden, um den moosigen Geruch und das Wippen der Baumkronen zu genießen.

Der Mann aus dem Eis lag wahrscheinlich stundenlang entspannt da, teilweise eingenickt. Als er sich wieder erhob, fühlte er sich weniger als ein Prozent so alt, wie er de facto war. Also machte er sich auf, endlich seine Freunde zu finden. Instinktiv wollte er zunächst den Weg Richtung Südwesten nehmen, entschied sich dann aber, Richtung Südosten tiefer in den Wald zu gehen. Dabei fühlte er sich einfach sicherer.

16 Die Orientierungslosen

„Mit Sicherheit ist er jetzt in irgendeinem grauslichen Mafialabor, das aus seinem Körper ein Unsterblichkeitsserum für irgendwelche chinesischen Milliardäre herstellen und dann auf dem Schwarzmarkt anbieten will." Der Journalist unterbrach als Erster die Stille.

Gambalunga sprühte ihren Kaffee aus dem Mund über den großen Tisch, an dem die Befreierrunde bis vor Kurzem sprachlos ihr Frühstück zu sich genommen hatte. Dimitri ballte die Faust und war unsicher, ob er dem Journalisten eine in die Fresse hauen sollte. Auch aufgrund der Tatsache, dass ihm seine These durchaus im Bereich des Möglichen zu sein schien.

Der Pathologe versuchte zu deeskalieren: „Luh ist lebendig am wertvollsten, Mafia hin oder her!"

Pirmin und die Direktorin konnten dem nur beipflichten.

„Luh ist stärker als alle Feinde zusammen!", brüllte Charly Weger in sein Schokocremebrot, um sich dann an die Gruppe zu wenden: „Und gleich nach dem Frühstück arbeiten wir wieder an unserer Ermittlungsspur!"

Niemand traute sich, ihm zu widersprechen.

Kaum hatten sie ihre Mahlzeit eingenommen, standen alle auf und begaben sich in das Kaminzimmer. Dort nahm Charly einen Stuhl, den er in die Mitte des Raumes stellte. Er schnipste kurz mit den Fingern, zeigte auf Dimitri und dann auf den Stuhl. Da Dimitri nicht recht verstand, wiederholte Charly die Geste noch mal mit Nachdruck. Der Russe tat wortlos, wie ihm befohlen wurde.

Dann platzierte Charly Pirmin in einen Ohrensessel, der weiter rechts im Halbkreis stand. Dem Journalisten, dem

Pathologen und der Direktorin wies er eine große Chaiselongue zu. Der Brite erhielt einen Hocker, für den er eigentlich zu wuchtig war. Da auch bei ihm, wie bei allen anderen, die Spannung sehr hoch war, stülpte er widerspruchslos sein Gesäß über den Hocker.

„Gamba, bitte zu mir!", sagte ein ernster Charly nun, der sich rund einen Meter vor Dimitri hingestellt hatte.

Valeria Gambalunga, die Excommissaria, stellte sich neben Charly und hatte plötzlich das Gefühl, in eine Verhörsituation geraten zu sein. Dieses Gefühl bestätigte sich dann binnen Sekunden.

„Ist Ihr Name Dimitri?" Charly nahm seine Rolle ernst.

„Das weißt du doch!"

„Antworten Sie nur mit Ja oder Nein, bis ich Ihnen Bescheid gebe, dass Sie mehr sagen sollen!" Forsch fing Charly Dimitris Versuch ab, seine ausgeklügelte Ermittlungsrekonstruktion zu sabotieren. Mit einem „Also?" holte er den Russen zurück.

„Ja", antwortete dieser sehr mürrisch.

„Sind Sie Russe?"

„Ja." Der Befragte rollte gelangweilt die Augen.

„Gut", sagte Charly, während den Zuschauern und der assistierenden Excommissaria noch nicht klar war, wo der leitende Ermittler Weger hinwollte.

„Sind Sie vor Monaten mit den hier ebenso anwesenden Herren Patho und Brite im Wagen über eine Passstraße gefahren?"

„Ja, das sind wir."

„Habe ich erlaubt, mehr als Ja oder Nein zu sagen?" Charly schien genervt.

„Nein!"

„Also!"

Nachdem dies geklärt war, klärte sich auch die Situation für Gambalunga auf.

„Seid ihr auf dieser Fahrt angegriffen worden?" Mit dieser Frage schoss die stellvertretende Ermittlerin quer.

„Keine Verbrüderung mit den Befragten bitte", stellte Charly klar.

Gambalunga wiederholte die Frage in der unpersönlichen Sie-Form. Niemand verstand den Zweck, aber das kam bei Charly öfter vor.

„Ja", fauchte Dimitri.

„Aber ihr habt damit gerechnet, stimmts?"

„Ja!"

„Warum?"

Dimitri hielt seinen Mund verschlossen, so als ob man ihm Redeverbot erteilt hätte.

Charly runzelte die Stirn und forderte den Russen mit einem „Erzähl!" auf, fortzufahren.

„Weil ich ein kosmisches Gefühl hatte ...", fing der russische Molekularbiologe in Rente an zu erzählen, wurde aber sofort von der Direktorin unterbrochen.

„Kosmisch?"

„Ruhe im Zuschauerraum!" Charlys Kopf glühte tiefrot. Mit einer Handgeste bat er Dimitri, fortzufahren.

„Nein, wie sagt ihr? Komödisch?"

„Komisch", schmiss Gambalunga ein.

„Gut, also hatte ich eigenartiges Gafuhl. Habe auch diese schwarze Limo gesehen, was hat gewartet auf uns oben am Pass, ganz oben. Dann hat der Fahrer am Handy Foto von Kennzeichen gehabt und ist Motorrad gefolgt. War dann das Arsch, das auf uns geschossen hat. Armes Schwein."

Jetzt kam Gambalunga ganz nahe an Dimitri heran, als ob sie tief in seinem Gedächtnis bohren wollte: „Was für eine Limo? Wie sah der Mann aus?"

Dimitri bohrte jetzt auch in seinen Erinnerungen. Dazu schloss er seine Augen. „Schwarz, groß, eher ungewöhnliches Modell. Keine sehr gängige Marke. Der Mann, dunkle Haare, große Sonnenbrille. Kräftige Statur, dunkler Anzug. Mehr kommt da nicht mehr."

„Da muss mehr drin sein", sagte Charly Weger, „das kann doch nicht so schwierig sein, sich zu erinnern!"

Trotz der Spannung des Moments zauberte dieser Satz allen ein Lächeln ins Gesicht. Inklusive Charly.

„Ein Kennzeichen wär super", stellte die Direktorin lapidar fest.

„Oder Staatenzeichen", ergänzte der Pathologe.

„Na gut", sagte Charly Weger, „für qualifizierte Ideen gestatte ich auch die eine oder andere Zuschauerfrage." Wieder gab er ein Zeichen an Dimitri, fortzufahren.

„Negativ", bestätigte dieser.

Jetzt stand Pirmin auf und trat zu Dimitri hin: „Und deine Ausbildung? All die Jahre Erfahrung? Permanente Umfeldanalyse? Instant-Einprägungstechniken? Visuelles Mapping?"

Dimitri starrte abwesend in das Kaminfeuer. Aus seinem linken Auge quoll eine Träne, die entlang seiner Lebenslinien im Gesicht den Weg nach unten suchte. Dimitri, der Mann aus dem Kalten Krieg, der unzerstörbare Charakter, den seit Jahrzehnten nichts mehr berührt hatte mit Ausnahme des Blickes seines Freundes Ötzi, spürte, wie der Tränentropfen sein Kinn verließ und nach unten fiel. Die Träne schwebte endlos, als ob die Gravitation Pause machen würde. Es war, als steckten er, sein Leben und all seine Gedanken in einem

Vakuum. Da war nichts mehr in seinem Kopf. Nichts mehr in seinem Gedächtnis. Alles, was er sah, war ein Film in seinem Kopf, bei dem der Kinovorführer betrunken schien und die Linse des Projektors auf unscharf gedreht hatte. Kein Ton drang durch seine Ohren. Bis der Tränentropfen den Boden erreichte und mit einem lauten „Bling" im offenen Kamin vor ihm den Theatervorhang öffnete. Das Bling flog durch einen Tunnel, an dessen Ende eine Trommel, seitlich gekippt, lag. Das Bling fiel direkt auf das gespannte Fell der Trommel. Der Krach des Aufpralls schreckte einen großen Hammer dahinter hoch, der noch lauter auf einen Amboss klopfte, welcher sich mit dem Schlag mitbewegte, sodass ein riesiger Steigbügel in Schwingung versetzt wurde. Das schreckte eine Schnecke hoch, die auf einer Art Reisfeld, das unter Wasser stand, ihr Runden drehte. Dabei berührte sie Halme wie Härchen nur dünn. Ihr Vorbeistreifen übertrug sich auf die Wurzeln der Halme, die alle in einem riesigen Netz verbunden waren. Der Reiz löste überall elektrische Impulse aus, die zuerst willkürlich in alle Richtungen zuckten, um dann zunehmend ein Muster zu bilden. Das elektrische Zucken formte langsam eine Wolke. Eine Kugel, in der die Bilder sichtbar wurden.

Da war diese Passstraße, ein Steuerrad, eine Windschutzscheibe, ein ungutes Gefühl. Dann dieser Wagen. Eine dunkle Limousine mit Schweizer Nummernschild. Einem Berner Nummernschild. Am Rückspiegel des Wagens hing ein silberner Doppelkopfadler. Dimitri kippte nach hinten.

Pirmin löste das Band an seinem Oberarm, zog die Nadel aus seiner Vene und sagte zu den anderen: „Er ist gleich wieder bei uns und wird sich an viel mehr erinnern als vorher. Wahrscheinlich an jedes Detail."

„Was zum Teufel hast du ihm da gespritzt?", wollte der Pathooge wissen.

Pirmin gab sich entspannt: „Stammt aus Dimitris Reiseapotheke. Sollte harmlos sein."

Der Pathologe schüttelte den Kopf.

Charly Weger war zufrieden und merkte an, dass ihm Dimitri einst per Blasrohr auch mal dieses Zeug verabreicht habe.

„An was du dich alles erinnern kannst ...", sagte der Pathologe daraufhin.

17 Kleinbösingen Blues

Der Eismann konnte sich nicht mehr erinnern, wann er zum letzten Mal so voller Lust durch einen Wald gebummelt war. Heute war zweifelsohne ein guter Tag.

Es war auch ein guter Tag für Kleinbösingen, das knapp hinter dem Waldstück lag, aus dem ein Mann bestens gelaunt trat, im OP-Outfit eines Chirurgen. Das, obwohl die Idylle auf den ersten Blick keiner Reparatur bedurfte. Im Gegenteil: Der Eismann fand die leichten Hügel, auf denen kontrastreiche Kühe im schwarz-weißen Fell grasten, sehr anregend. Das beruhigte ihn, da sie eindeutig leichte Beute schienen, falls er später noch Hunger bekommen sollte. Jetzt interessierten ihn aber vielmehr die netten Häuser der Menschen und die Frage, wie sie die Tiere dazu gebracht hatten, so entspannt auf der Wiese zu bleiben.

Also schritt die ehemalige Gletscherleiche, einen Schlager aus der Jugend pfeifend, zum erstbesten Einfamilienhaus. Die Häuser der Menschen von heute fand Luh sehr spannend, denn mit irgendeiner mentalen Kraft schafften es diese Heutlinge, die Büsche, welche ein Stück Land vor den Hütten umgab, in eine *Reg*, eine gerade Linie, zu bitten. So gerade, wie er sie für Pfeile brauchte. Dieser Zauber übte eine unglaubliche Faszination auf Ötzi aus.

Seine Hypothesenbildung wollte nicht so recht in Schwung kommen, weil hinter der Hecke ein unglaublicher Lärm sein Unwesen trieb. Er stellte sich auf eine Mülltonne, die gelangweilt am Gehsteig stand. So konnte er auf angenehme Art und Weise einen Mann beobachten, der von einer gebogenen Eisenstange gestützt wurde, die wiederum von einem dieser stinkenden Lärmer über eine kleine Wiese gezogen wurde.

Dieser Lärmer war allerdings ein minderentwickeltes Maschinenteil, weil es zu klein war hineinzusteigen oder sich darauf zu setzen. Vielleicht, so dachte Luh, sei dies das Modell für alte Menschen, die es nicht mehr so eilig hatten.

Aber das schien weniger das Problem des Mannes zu sein. Vielmehr konnte er sich nicht entscheiden, in welche Richtung er wollte. Er lief immerzu rund 20 Schritte nach Sonnenaufwach und dann wieder 20 nach Sonneneinschlaf. Allerdings bemerkte Luh nach einiger Zeit, dass der Mann auch mit dem Kopf sehr alt und nicht mehr ganz hier sein musste, weil er immerzu nach rechts vom Weg abkam. Und das war schlecht, weil rechts nicht die Seite des Herzens ist. Als Luh das erkannte, rief er dem Mann zu und winkte auffällig.

Der Schweizer Frühpensionist bemerkte im Augenwinkel einen Arzt, der ihm auf einer Mülltonne stehend beim Rasenmähen zusah. Er stellte natürlich umgehend den Rasenmäher ab, weil so eine Situation im beschaulichen Weiler des Bernerlandes nicht allzu oft vorkam.

„Grüezi Dok!", rief er über die Hecke, „suechet Sie wos?"

Luh war erstaunt über die direkte Erkenntnis des Ausgesprochenen, bedeutete in seiner Zeit *Dok* ja, etwas zu lernen. Und dies war schließlich seine Mission. *Dok* besteht aus dem *Do*, dem Geben, sowie dem *Dik*, auf etwas hinweisen. *Dok* geschieht also, wenn *Do* und *Dik* zusammenkommen. Im Griechischen steht *doxa* für die Meinung. Nur wer was lernt, sollte sich also eine Meinung bilden. Das wusste Luh seit Tausenden von Jahren.

„Grüß di", sagte der Eismann, als er von der Mülltonne gestiegen war.

Der Mann aus dem Vorgarten zuckte kurz zusammen: „Sie sind nicht von hier?"

Luh legte ihm seine Hand auf die Schulter und erklärte dem Mann, wie er das mit dem Hier sah. Er sei zwar hier in dieser Zeit, aber eigentlich nicht vom Hier und Heute. Mit diesem Diskurs hatte der Schweizer Frühpensionist, der seinen Job als Briefträger wegen eines lästigen Bandscheibenvorfalls hinter sich gelassen hatte, um die Vorzüge des Schweizer Wohlfahrtsstaates mehr schlecht als recht zu genießen, so seine Verständnisprobleme.

„Na wichtig ist, sie sind kein Ausländer", sagte er zur Ablenkung.

Luh schaute unverständig: „Was ist das, ein Ausländer?"

„Ja einer aus dem Ausland", präzisierte der Ordnungsfanatiker.

„Ausland", wiederholte Luh ganz langsam. Er dachte nach und sagte dann: „Natürlich bin ich aus dem Land. Gibt es denn Menschen, die aus dem Wasser sind?"

Der besuchte Postbeamte in Rente wurde jetzt auch ganz still, weil er in seinem bescheidenen Geiste den Antwortenfundus der Vorabendquizsendungen durchsuchte, die er sich en masse zwischen dem einen oder anderen Gartentrimmen ansah. Leider verstand er die Metapher „aus dem Wasser" trotzdem nicht. Es war aber ein passendes Stichwort, um den Arzt, der ihn da besuchte, auf eine Erfrischung einzuladen. Luh willigte natürlich ein, weil die Sonne ziemlich stark herunterbrannte.

Auf dem Weg zur Terrasse strich der Eismann mit der Handfläche über den frisch geschnittenen Rasen und anschließend über den strammen Haarschnitt des Frührentners. Dieser wiederum schaute sehr überrascht in das Gesicht des Ötzi. Der grinste sehr angetan und sagte: „Brüder, ihr seid Brüder."

Aber auch diese Feststellung war wenig greifbar für den Schweizer. Er beschloss also, erst mal die Markise über die Terrasse auszufahren, um seinem Gast etwas Schatten zu spenden. Luh wunderte sich über den Lärm, den der gespannte Stoff über seinem Haupt erzeugte. Es war aber vielmehr ein Helikopter, der im Tiefflug über die Häuser schwebte. Die Crew des Fluggerätes suchte im Auftrag eines Pharmakonzerns einen entlaufenen Probanden im Chirurgendress.

Als der Gastgeber mit zwei großen Holundersäften auf die Terrasse trat, lamentierte er über die ungewöhnlichen Flugaktivitäten, die um die frühnachmittägliche Zeit womöglich seinen wohlverdienten Mittagsschlaf stören würden, wäre er nicht vom Rasenmähen davon abgehalten worden.

Luh saß entspannt daneben und bemerkte nur, dass ihn das nicht störe, sofern er nicht mitfliegen müsse.

„Bleibt zu hoffen", sagte der Schweizer, bemüht, Hochdeutsch zu sprechen, „dass sie mit dem Heli ein paar kriminelle Ausländer abschieben."

„Wer ist Heli?", wollte der Eismann wissen. „Und wer ist kriminell?"

Luhs Gastgeber versuchte zu erklären, dass er mit dem Heli das rotorbetriebene Fluggerät am Himmel meine und dass natürlich aus seiner Sicht alle Ausländer kriminell seien.

Luh meinte darauf wiederum, dass er schon auffällig oft über diese Ausländer rede, und fragte frech, ob er denn in diese Ausländer verliebt sei.

„Gott bewahre!", lachte der Frühpensionist erschrocken heraus.

Da Luh kein Freund monothematischer Konversationen war, trank er mit einem Riesenschluck den Saft aus, streckte dem Mann seine Hand hin und dankte für die Erfrischung samt Gespräch.

„Ich muss los, meine Freunde warten." Mit diesen Worten entschwand Luh auch schon durch die Hecke und landete im Vorgarten des Nachbarn. Es war wohl Fügung, dass er hier ein Déjà-vu-Erlebnis hatte. So wie schon im vorletzten Leben hatte er eine Wäscheleine entdeckt. Diesmal war sie nicht voller Geldnoten, sondern voller Kleider. Und weil eine Fügung selten allein kommt, war niemand zu Hause, und dieser Niemand hatte dieselbe Kleidergröße wie der Eismann.

Niemand war in den Achtzigerjahren ein junger schlanker Mann gewesen, der eifrig für seine spätere Laufbahn als eidgenössischer Finanzbeamter die Schulbank drückte. Wobei Laufbahn ein Begriff aus dem falschen Wortfundus schien und nicht wirklich passend für den Arbeitsablauf der Finanzbeamten war. Aber selbst in diesen Begriff mischte sich eine sportliche Anspielung, die ebenfalls nicht adäquat schien. Wie dem auch sei, Ötzi passte dafür der Anzug bestens. Zudem schien er zu spüren, dass das Gewand auch einige Zeit hinter sich habe, was er als zusätzlichen Vorteil wahrnahm.

Niemand wollte sich am nächsten Tag endlich von diesem Teil trennen, da er den Dachboden zu seiner kleinen privaten Virtual-Reality-Folterkammer umbauen wollte. Daher brauchte er Platz, und so kam es, dass er den Anzug zum Lüften auf die Leine gehängt hatte, um ihn dann in den Altkleidercontainer der Schweizer Caritas zu geben, weil Niemand fest überzeugt war, dass das Kleidungsstück noch sehr schick und bestens gepflegt sei. Er selbst konnte das Teil leider nicht mehr tragen. Aber der Anzug fand ja, nichtsdestotrotz, seine vorläufige Erfüllung und marschierte am Körper des Eismannes entspannt die Wohnstraße entlang Richtung Westen.

Wo er nun gebannt vor einem Haus stehen blieb, das mit einer beeindruckenden Zahl an Täfelchen den Mann aus dem Neolithikum faszinierte. Ambivalent faszinierte. Denn da waren zum einen jede Menge einfache Zeichnungen, so wie in seiner Zeit, aber auch viele geschriebene Sätze, die wie geschrien klangen, verletzend für Luh. Er verbrachte fast eine ganze Stunde damit, all die Botschaften zu verstehen.

Nur einmal kurz wurde er von einem dunklen Wagen unterbrochen. Darin saßen vier grimmig dreinschauende Männer, die den Wagen anhielten, um Luh einen Gruß zuzurufen. Der Eismann drehte sich um, grüßte, wie er es hier vom bisher einzigen Menschen, den er gesprochen hatte, gelernt hatte: „Grüezi!"

Der Mann am Beifahrersitz tippte sich mit dem ausgestreckten Zeigefinger seitlich an die Sonnenbrille und fragte Ötzi, ob er hier einen Mann in Arztkleidung gesehen hätte. Der Eismann spürte, dass hier Gefahr lauerte, und dachte nach. Sehr lange nach. Nur dreimal unterbrochen von dem ungeduldigen Fragensteller, der seine Frage zunehmend aggressiver formulierte. Luh wusste, dass man hier wohl Verlangen nach ihm habe. Da er aber umgekehrt keinerlei Sehnsucht nach der Institution hatte, verneinte er schließlich. Beschloss aber, von einer Begegnung mit einem Arzt in grünen Kleidern mit weißem Kittel zu erzählen. Dies weckte natürlich sehr das Interesse der Männer. Luh schaute in den Himmel, beobachtete die Vögel und ihr Flugverhalten, lauschte in den Wind und wusste, dass nicht allzu weit ein See sein würde.

„Er ist unten am See baden gegangen. Der ist sicher noch dort."

„Wo genau?", bellte der Mann am Beifahrersitz zurück.

„Im Wasser." Luh schaute mit geringem Verständnis für die Frage in das Gesicht des Mannes.

„Auf welcher Seite des Sees?"

„Nun, da wo er ans Land grenzt." Der Eismann begann sich Sorgen um die Kopfsituation des Mannes zu machen.

Nun mischte sich der Fahrer ein und sagte: „Lass bleiben, das ist ein totaler Idiot!"

Die Limousine brauste in hoher Geschwindigkeit davon.

18 Die Schweizer Spur

Dimitri war hundeelend, als wäre er den Pass mit der Limousine in hoher Geschwindigkeit gerade noch mal gefahren. Als er seine Augen öffnete und versuchte zu verstehen, wo er war, hatte er das Gefühl, seine eigene Beerdigung aus dem Grab heraus zu beobachten.

Um ihn herum stand sein Freund, der Pathologe, den er vor rund zehn Jahren auf einem Kongress zum Thema Konservierung von Mumien kennengelernt hatte. Dann war da auch noch sein Uraltfreund, der Schweizer Haudegen-Agent des Vatikans, mit dem er sich so manche kleine ungefährliche Schlacht geliefert hatte – ungefährlich, weil es selbst bei den Geheimdiensten des Ostblocks einen ungeschriebenen Ehrenkodex gab, dass man Respekt und Rücksicht auf so kleine Nationen und ihre niedlichen Geheimdienste zu nehmen habe, Zwergstaaten wie den Vatikan, die Schweiz oder auch Österreich und Belgien. Wobei Letztere wegen des fehlenden Hinterlandes, welches das Niveau im Normalfall hob, einfach ein kollektives kognitives Problem aufwiesen. Da waren die Belgier nur knapp unter dem Niveau Österreichs, und das müsse ja bekanntlich erst mal unterschritten werden. Pirmin bildete aus Sicht Dimitris aber eine absolute Ausnahme. Jedenfalls freute er sich, auch ihn oben am Rand des Grabes stehen zu sehen.

Ebenso gab die Direktorin Dimitri die Ehre. Sie gefiel ihm sehr gut, weil sie genau wusste, was sie wollte, und auch nicht davor zurückschreckte, die Männer zu befehligen. Im Grunde, dachte er in diesem Moment, sei sie die ideale Partnerin für den Pathologen. Vielleicht hätte er diesen Kupplerdienst angehen sollen, als er noch am Leben gewesen war.

Neben ihr stand diese unglaublich attraktive Exkommissarin, die sich nur etwas zu sehr gehen ließ in letzter Zeit. Und da war auch der mittlerweile gute Freund Charly, den Dimitri liebte wie einen kleinen Bruder. Der wundervollst geistig zerzauste und verquirlte Charly stützte sich auf den Briten, den Dimitri besonders wegen seines trockenen Humors schätzte. Auch dieser Journalist war da, mit seinem ewig dummen Gesicht.

Genauso einen Ausblick aus dem eigenen Grab hätte sich Dimitri gewünscht. Doch kaum als er das gedacht hatte, schüttete ihm der Brite Wasser über das Gesicht, das sich, Sputnik sei Dank, als Wodka herausstellte. Was Dimitri dann sogleich wieder unendlich aufregte, weil man das wundervollste Getränk auf Erden nicht so verschwenden dürfe. Er fluchte in allen Sprachen der Anwesenden und setzte sich auf. Erst jetzt merkte er, dass er am Boden auf dem Teppich im Kaminzimmer gelegen war. Alle um ihn herum grinsten ihn an.

Die Rechnung des Briten war aufgegangen. Der Russe war wieder voll da. Ebenso ging die Prophezeiung des Pirmin in Erfüllung, Dimitri verlangte nach Papier und Bleistift. Kaum dass man ihm ebendieses gereicht hatte, schrieb er ein Kennzeichen auf und fertigte eine Zeichnung des Doppelkopfadlers an. Die entscheidende Spur zum Attentäter von damals.

Pirmin übergab das Papier den herbeigerufenen Mitarbeitern und wollte in kürzester Zeit alles über den Wagen und das Symbol wissen. Und fix waren sie tatsächlich, diese jungen Vatikanagenten. Denn der Wagen war raschest identifiziert: Er war angemeldet auf eine Autoverleihfirma, die zum Unternehmensportfolio des Basler Albanerclans gehörte. Wobei das Geschäft mit dem Autoverleih nur am Rande zu dem unglaublichen Umlaufvermögen beitrug. Das war hauptsächlich genährt von weniger schönen Dingen wie den Kerntätigkeiten von Mafiaclans. Inklusive Morden, Dealen und Gegner-aus-dem-Weg-Räumen.

Der zweite Hinweis schloss praktischerweise den Ermittlungskreis, war der Doppelkopfadler nicht nur das Wappentier aller Albaner, auch der nicht kriminellen, sondern auch das Identifikationssymbol der Clanmitglieder, die in der Schweiz ihr Unwesen trieben.

„Also doch die Mafia", sagte der Journalist, „ich wusste es!"

„Du weißt noch immer gar nichts", fauchte Charly Weger den Journalisten an, „du vermutest nur. Vorher mit einer These ohne jederlei Hinweise und jetzt auf Basis eines kleinen Indizes!"

„Da muss ich Charly recht geben", sagte Dimitri. „Wir wissen nur bisher, wo der Killer herkommt, von damals am Berg war. Und auch noch das albanische Dreckskerl, nicht von allerbester Sorte. Ist aber auch egal, lass uns fahren in die Schweiz und unsere Freund Ottsi suchen!"

Pirmin räusperte sich kurz, und der Pathologe sagte: „Dimitri, wir sind in der Schweiz."

Dimitri schaute kurz aus dem Fenster hinaus, um dann anzumerken, dass man aber sicher in der falschen Ecke des Landes sei, auch wenn das Land eher klein sei.

„Na ja, in Bern sind wir rasch. Auch wenn wir erst mal überlegen sollten, was wir da tun wollen", meinte Pirmin in seiner bekannt nüchternen Art und Weise.

„Luh befreien!", proklamierte Charly Weger.

„Luh befreien!", echote Gambalunga.

Und schon machten die zwei sich auf den Weg zur Tür hinaus.

„Moment!", schrie der Pathologe in ihre Richtung. „Keine Einzelaktionen, wir gehen, wenn schon, dann alle gemeinsam!"

„Aber auf keinen Fall unvorbereitet!" Pirmin Wüthrich blieb dabei.

Dimitri und der Brite schafften es schließlich, die Aufgebrachten zu beruhigen und die Gehemmten etwas anzustacheln. Dadurch fiel der Aufbruch doch etwas geordneter und vorbereiteter aus.

Pirmin nutzte die Gelegenheit, um allen klarzumachen, dass diese Befreiungsaktion nun viel mehr Improvisation abverlangte und zudem um Welten gefährlicher war. Den offiziellen Stellen einen Internierten abzujagen, sei ja geradezu ein Kavaliersdelikt. Ganz etwas anderes werde es sein, dem albanischen Mafiaclan in der Schweiz sein Entführungsopfer zu entreißen.

Natürlich bedeutete dieser Umstand aber auch einen nicht unerheblichen Motivationsschub für die eingeschworene Truppe, die in Sachen Befreiung einer sehr lebendigen Leiche mittlerweile doch schon etwas Erfahrung hatte. Da Pirmin die Mannschaft überzeugen konnte, dass ein flexibler Kampf gegen einen viel gefährlicheren Gegner auch einen anderen Ausrüstungsstand erforderte, waren alle bereit, mit der Abreise auf den nächsten Tag zu warten, um der Entität Zeit für die Aufrüstung zu geben.

Am Morgen des nächsten Tages verließen acht motivierte Befreier das ehemalige Hotel am Genfer See. Kaum dass sie sich in die zwei bereitstehenden dunklen Geländewagen gesetzt hatten, näherten sich sechs ebenso dunkle Wagen und blockierten die Ausfahrt. Der Schweizer Nachrichtendienst war endlich auf den Plan gerufen und versuchte nun, die am stärksten Verdächtigen in der Gletscherleichenaffäre erst mal festzuhalten.

Allerdings ist der Dienst in der Vergangenheit nicht als der effizienteste oder gar kompetenteste aufgefallen. Da war zunächst einmal der Fall des Geheimdienstbuchhalters, der über einen Zeitraum von mehr als einem Jahrzehnt fast neun Millionen Franken von der Nationalbank abgehoben hatte. Selbst als er den Dienst lange schon quittiert hatte. Mit dem Geld finanzierte er sich seinen luxuriösen Lebensstil ebenso wie eine kleine Privatarmee, oder besser deren Waffenarsenal. Insgesamt über 200 Präzisionswaffen hatte der Buchhalter zu Hause gehortet.

Ein anderer Kollege hingegen musste zwar zunächst wegen Kreditkartenbetrugs ins Gefängnis, der Dienst holte ihn aber wieder aus dem Knast und setzte ihn als Beobachter für einen verdächtigen Leiter eines Islamcenters ein, was aber dazu führte, dass er dem Observierten seine Aufgabe mitteilte und schließlich zum Islam konvertierte.

Trotz der eingeschränkten Gefährlichkeit der Schweizer Agenten mussten unsere Freunde mindestens so etwas wie deren Lästigkeit feststellen.

19 Wer Probleme sät, wird ernten

Der Eismann war da schon ein Stück weiter, hatte er doch die lästigen Frager nicht in die Wüste, aber immerhin an den einige Kilometer entfernten See geschickt. Nun konnte er sich wieder dem Gartenzaun mit all seinen Verbotstäfelchen widmen. Das gelang aber nur so lange, bis ein sportliches Fahrradkollektiv in die Wohnstraße einbog.

Fahrräder waren etwas, das Luh faszinierte, da sie, obwohl filigran gebaut, eine unglaubliche Kraft und Geschwindigkeit an den Tag legten. Da er schon zeit seines dritten Lebens mal ein Fahrrad aus der Nähe betrachten wollte, stoppte er die mehr als zehnköpfige Vereinsrunde mit einem lauten Ruf und auffälligem Winken. Die Herren im schnittigen Dress hielten also direkt vor dem Häuschen des Ordnungsfanatikers, und der Eismann, der blöderweise mit seinem Hinterteil das entscheidende Täfelchen verdeckte, lud die Gruppe ein auf eine Rast. Dass das Schild genau jenes war, das ein Anlehnen von Fahrrädern an den Gartenzaun verbot, war wohl eine kleine List des Schicksals.

Gar nicht lustig empfand es der Besitzer des Häuschens, an dessen Gartenzaun gerade so etwas wie eine Fahrradmesse abgehalten wurde. Dabei bestaunte ein Mann in einem Achtzigerjahreanzug die Fahrräder, die allesamt am frisch gestrichenen Gartenzaun lehnten. Herr Zwingli litt immediat an Schnappatmung und wollte schon seinen Bernhardiner-Dackel-Mischling von der Leine lassen, als dieser Mann im zu kurz wirkenden Maturaanzug auf ihn zukam. Der Mann aus dem Eis empfand für das Tier an der Leine eine ähnliche Faszination wie für die Fortbewegungsgeräte.

Herr Zwinglis Puls war weiterhin im gerade noch per Blutdruckmessgerät feststellbaren oberen Bereich. Er kam gar nicht dazu, seine Beschwerde vollumfänglich zu deponieren, weil der Eismann dermaßen überschwänglich den Hund begrüßte, und noch beeindruckender war, wie der Hund den Eismann empfing. Damit hatte der Mann nicht gerechnet, und es trieb ihm Tränen in die Augen. Die zelebrierte Freude ließ den Mann sogar vergessen, dass er eigentlich durch die Vielzahl geparkter Fahrräder in seiner Existenz bedroht war. Das ging sogar so weit, dass er Frau Zwingli bat, den Gästen sofort eine kleine Jause zuzubereiten.

Das freute allesamt, und da einer der Herren im Freizeitradsportverein auch der Mannschaftssponsor war, orderte der Herr eine ordentliche Ladung seines meistverkauften Getränks. Und weil er zusätzlich zu einem ziemlich einschlagenden Destillat auch noch viel in eine fulminante Logistik investiert hatte, dauerte es keine halbe Stunde, bis die Lieferung ankam.

Der Nachmittag verging in einer ungemein gelösten Stimmung. Bis zu dem Zeitpunkt, als die ungemütlichen Herren, die den entlaufenen Arzt suchten, zurück in den Ort kamen. Sie waren nun noch schlechter gelaunt, da sie weder am See noch im See jemanden gefunden hatten. Und schon gar nicht den entlaufenen Probanden als Chirurg verkleidet.

In der Zwischenzeit hatte der Suchtrupp sogar ein Foto des Probanden erhalten, und es gab die berechtigte Vermutung, ihm in einem lächerlichen Achtzigerjahreaufzug schon begegnet zu sein. Also schien es auch den vier Männern naheliegend, an den Ort zurückzukehren, an dem sie ihn gesehen hatten.

An dem Zaun standen jetzt allerdings jede Menge Räder, aber von dem Idioten, der sie zum See geschickt hatte, war keine Spur. Der Capo der vier Albaner schickte also seinen Handlanger an die Tür des Wohnhauses.

Herr Zwingli öffnete und vor ihm stand ein Mann, der schon aufgrund seiner Permanent-Körperverschönerung, welche sich sichtbar am Hals zeigte, in Ungnade fiel. Hinzu kam die Tatsache, dass der Mann seinen rechten Fuß aufdringlich über die Türschwelle setzte.

Das ging Herrn Zwingli eindeutig zu weit und er rief Hector herbei. Der sich wiederum – mit ausreichend Anlauf und dem Befehl „in die Weichis bitte" – zunächst in den Schritt des Mannes verbiss und dann auch noch Spaß daran hatte, so hängend vor- und zurückzuschwingen. Was dem Bernhardiner-Dackel-Mischling dabei am besten gefiel, war das fast rhythmische Gejaule des Opfers.

Agan, der albanische Besucher, ging in die Knie, was Hector wieder Boden unter den Füßen gab. Da der kurzbeinige Schweizer-Wohnstraßen-Kampfhund mit dem Effekt des Angriffs zufrieden war, ließ er los. Agan bedeutete auf Albanisch Sternschnuppe und ähnlich einer solchen zischte der Mann Richtung Wagen los. Ebenso ähnlich einer Sternschnuppe brannten auch seine Hoden, als er den Wagen jammernd und schreiend erreicht hatte. Seine Schilderung der angreifenden Rottweilergruppe veranlasste seine Kollegen, unverzüglich für etwas mehr Entfernung zu sorgen.

Herr Zwingli schaute dem davonfahrenden Gefährt nach und lobte ausführlich seinen Hector. Anschließend begab er sich wieder ins Wohnzimmer, wo sein bestens gelaunter neuer Freund einer Horde Fahrradfahrer Anekdoten aus seinem Leben erzählte. Wobei nahezu alle Anwesenden überzeugt waren, dass das allermeiste der Fantasie des begnadeten Erzählers entsprang. Sie genossen seine Geschichten trotzdem, hatten sie doch allesamt ein Gefühl von Zuhausesein, das alles bisher Gekannte bei Weitem überflügelte.

Weniger gute Gefühle machten sich bei dem albanischen Schlägertrupp breit. Während Agan sich immer noch jammernd die Kronjuwelen hielt, dozierte sein sonst nicht so gesprächiger Vetter über die sinkende Fertilität nach einem gezielten Hundeangriff. Erst als der Capo ihm für seinen deplatzierten Exkurs eine schallende Ohrfeige erteilte, hörte er damit auf. Der spontane Akt des Dampfablassens beruhigte den Capo allerdings nicht ausreichend. Daher befahl er seinen Leuten unter ständigem Fluchen, die ordentlichen Waffen aus dem Kofferraum zu nehmen und sich bereit zu machen für den Gegenangriff.

Nun war es Drago, der Mann mit der Schmalzlocke, der sich mit der einfachen Frage zu Wort meldete, ob sie da einfach reinmarschieren und zuerst die Hunde erschießen und dann den entlaufenen Irren mitnehmen wollten. Der Capo dachte kurz nach und antwortete mit einer gebellten Gegenfrage: „Hast du eine bessere Idee?"

Idee nicht, führte Drago aus, der sich gerade eine Zigarette anzündete, aber den klaren Befehl des Krye, ihres Clanchefs, im Ohr: „Kein Aufsehen erregen!"

„Fuck!", antwortete der Capo und zündete sich auch erst mal eine Zigarette an. Agans Vetter begann nun auch noch von weiteren Folgeerscheinungen eines Hundebisses im Schritt zu sprechen, nämlich der völligen Impotenz. Das führte ruckartig dazu, dass Agan sein Lamento beendete und seinem Vetter mit einem heftigen Tritt in die Weichteile dafür dankte. Nach der anstrengenden Tat kamen die Schmerzen auch bei Agan wieder, und nun bogen sich die zwei verwandten Mitarbeiter des Capo synchron im Schmerz.

„Vollidioten!", sagte Drago.

„Schnauze!", schrie der Capo.

Nach etwas Überredung seitens Drago nahm der Capo sein Handy und orderte einen weiteren Kollegen herbei, der die beiden Idioten von hier wegbringen sollte. Den Rest der Operation würden sie auch allein schaffen, waren Drago und der Capo überzeugt, schließlich sei der Gesuchte ja eine absolute Witzfigur, klein und hager obendrein.

Also beschlossen die beiden, sich taktisch klug entlang der Wohnstraße zu positionieren. Früher oder später müsse das Männlein mit dem lächerlichen Anzug ja das Haus verlassen. Und genau in diesem Moment würden sie gnadenlos zuschlagen und ihn in den Wagen zerren. Dann könnten sie endlich wieder nach Hause fahren, um ihren gewöhnlichen Tätigkeiten wie der Zuhälterei, dem Drogenhandel und der Schutzgelderpressung, anstelle einer solch niederen Arbeit wie der des Menschenraubes, nachgehen zu können.

In der wohligen Voraussicht, die Aktion fände bald ihr Ende, legten sich Drago und der Capo auf die Lauer in Sichtweite des Wohnhauses des Herrn Zwingli.

20 Die Spürhunde

Dimitri war kurz davor, seine Kalaschnikow zu entsichern, als er sich doch entschied, vorher Pirmin in die Augen zu schauen. Der legte seine Hand auf Dimitris Knie, um ihm Einhalt zu gebieten. Der Chef des Vatikangeheimdienstes war nämlich überzeugt, dass man mit den Kollegen reden könne. Zudem kam ihm der Einsatzleiter trotz des grimmigen Blicks und der dunkel getönten Scheiben irgendwie bekannt vor. Als Pirmin dies kundtat, glaubte ihm Dimitri sofort. In so einem kleinen Land müsse ja jeder jeden kennen oder zumindest mit ihm verwandt sein.

Pirmin stieg also aus dem Wagen, der die Spitze des Konvois bildete. Er hob seine Hände über den Kopf, um friedliche Absicht zu signalisieren. Dann marschierte er schnurstracks in Richtung jenes Wagens, in dem er den Einsatzleiter vermutete. Der Verdächtige stieg aus und ging Pirmin mit langsamen Schritten entgegen.

Rund 30 Meter von den anderen entfernt, traf Pirmin mit dem Schweizer Agenten zusammen. Charly Weger, der mit Dimitri im Wagen saß, schluckte laut. Neben ihm der Brite schien unnormal nervös. Im Wagen dahinter saßen der Pathologe, die Direktorin, Gambalunga und der Journalist, und alle fragten sich, was denn nun um Himmels willen geschehe.

Keiner der Befreier konnte die Worte hören, die Pirmin mit seinem Landsmann wechselte. Was die Nervosität allenthalben noch zusätzlich steigerte. Besonders Dimitri überlegte, ob er nicht doch mit seiner Kalaschnikow eine Schrecksalve in Richtung der Schweizer Wagenblockade abfeuern sollte. Der einzige Grund, es nicht zu tun, schien ihm die hohe Wahrscheinlichkeit, Pirmin zu verletzen. Also wartete man den Gesprächsverlauf ab. Aus der Entfernung schienen die beiden sich zusehends in eine Auseinandersetzung hineinzusteigern.

Das war in der Tat so, da die beiden Herren gerade dabei waren, ihre gemeinsame Verwandtschaft in Innerrhoden zu erörtern. Dabei ging es auch um eine erst kürzlich verstorbene gemeinsame Schwipptante, deren früher Verlust mit 96 Jahren die Herren sehr betrübt dreinschauen ließ.

Dimitri entsicherte noch mal die Kalaschnikow.

Nach dem Eingrenzen des gemeinsamen Innerhodner Freundeskreises waren Pirmin und der Einsatzleiter der Schweizer Geheimdienstagenten, die auf Geheiß einer europäischen Staatenallianz den Verbleib der ehemaligen Gletscherleiche untersuchen sollten, nun bei den Kindheits- und Schulerinnerungen angelangt. In dem Moment fiel Pirmin ein jugendlicher Haudegen ein, der ihn sofort an Dimitri erinnerte. Deshalb blickte er spontan besorgt in Richtung seiner Wagenkolonne.

Das blieb natürlich bei den gebannt beobachtenden Befreiern nicht unbeachtet. Ein leiser Chor fatalistischer Fäkalsprache machte die Runde. Das war der Moment, in dem Dimitri nicht mehr zu halten war und mit seiner Kalaschnikow im Anschlag auf den Einsatzleiter zustürmte, ihn packte und die Waffe an seine Schläfe richtete, mittlerweile in Richtung seiner Männer gedreht.

Diese sprangen ebenso aus ihren Wagen und zielten allesamt auf den Kopf Dimitris. Fast 20 Handfeuerwaffen waren in diesem Moment auf ihn gerichtet. Das war allerdings kein Umstand, der den Russen aus der Bahn warf. Im Gegenteil, er fand nicht geklärte Situationen wie vorhin das lange Gespräch Pirmins mit dem anderen Schweizer weit besorgniserregender.

Sowohl Pirmin als auch der Einsatzleiter hoben nun ihre Hände über den Kopf und versuchten die Situation zu beruhigen. Was aber weder Charly Weger noch der Brite wahrgenommen hatten, da sie ihrerseits gerade in den Kofferraum des Geländewagens krochen, um sich in den Waffenkisten für den mutmaßlich anstehenden Shootout zu versorgen. Charly entschied sich für ein großkalibriges Gewehr und der Brite für eine halbautomatische Waffe. Beide hatten in diesem Moment die strikte Anweisung Pirmin Wüthrichs vergessen, wonach diese Waffen nur im Einsatz gegen den albanischen Clan und nur im äußersten Notfall zu gebrauchen seien. Das galt für die beiden nicht mehr, als sie im Kofferraum des Geländewagens knieten und den Rücksitz als praktische Auflage für die Gewehrläufe verwendeten.

Der Anblick der beiden löste im Wagen dahinter eine veritable Panik aus. Der Journalist, der diesen Morgen Fahrdienst hatte, wollte sofort per Rückgang in den Hof des Hotels zurück. Allerdings hatte er in seiner Panik die Gangschaltung nicht im Griff, und sein Wagen knallte voll gegen das Auto vor ihm. Charly und der Brite ihrerseits krachten mit ihren Schädeln zusammen und legten sich, an die Gewehre gekuschelt, in den Kofferraum zurück zum Schlafen.

Der Aufprall des Wagens war Anlass genug, um die beiden jeweiligen Schweizer Teamleiter lautstark „Halt! Stopp! Keiner schießt!" in die Runde rufen zu lassen.

„Das klingt sehr vernunftig!", pflichtete Dimitri bei, behielt aber die Kalaschnikow weiterhin an der Schläfe des Majors des Schweizer Nachrichtendienstes.

„So, und jetzt wieder alle husch, husch ins Auto und die Straße freimachen!" Dimitri war überzeugt, dass er die Sache im Griff hatte. Seine Geisel winkte seinen Leuten zu, sie sollten gehorchen.

Für Pirmin war es an der Zeit, Dimitri darüber zu informieren, dass er und sein entfernter Verwandter, dem der Russe seine Kalaschnikow an den Kopf hielt, bereits vereinbart hätten, sich gemeinsam auf die Suche nach dem entführten Eismann zu machen.

„Achso?", sagte Dimitri und nahm die Waffe herunter, entschuldigte sich kurz beim Schweizer, indem er ihm den Hemdkragen wieder geradebog.

So kam es, dass an diesem Morgen eine kleine Armee mit einem Konvoi von acht Wagen in Richtung Hauptquartier des Albanerclans unterwegs waren. Die einen fest entschlossen, ihren Freund aus den Klauen der Mafia zu befreien, die anderen mit Stolz in der Brust, dass ihr Assistenzeinsatz für einige europäische Nachrichtendienste nun zu einer wichtigen Mission im Auftrag Ihrer Heiligkeit werde. Und das war auch in der calvinistisch durchwachsenen Eidgenossenschaft ein brustschwellendes Erlebnis.

21 Gefühlte Gefahren

Die fröhliche Einkehr des örtlichen Fahrradvereins nahm am Morgen danach langsam ihr Ende, nicht weil dem Mann aus dem Eis die Geschichten ausgingen, sondern weil der Schnaps des Hauptsponsors zu Ende ging. Darüber hinaus war auch die Aufnahmefähigkeit der trainierten Leber der Mannschaft an ihre Grenzen gestoßen. So verabschiedeten sich die sportlichen Männer der Reihe nach von dem neuen Ehrenvorsitzenden des Vereins Herrn Luh, um dann die Schlangenlinienheimfahrt anzugehen. Der Eismann bedankte sich bei allen für die wunderbaren Stunden und ihre beeindruckende Fähigkeit, zuhören zu können. Gerade letztere Eigenschaft schien den Heutlingen, aus Sicht der ehemaligen Gletscherleiche, ziemlich abhandengekommen zu sein.

Herr Zwingli, der in den letzten Stunden seine Lockerheit wiedergefunden hatte, die ihm im Zuge seiner Jahre in einer klösterlichen Internatsschule verloren gegangen war, entschied sich nach dieser Nacht, seine Gartengestaltung zu überdenken. Dazu werde er, wie er Herrn Luh erklärte, den Gartenzaun niederreißen. Sein Haus und seine Rasenfläche sollten ein ungezwungener Ort der Begegnung werden, für die Jugend des Dorfes und vor allem den Radsportverein.

Nun war es aber auch an der Zeit für den Mann aus dem Eis, seine Segel zu setzen und sich zu seinen Freunden aufzumachen. An diesem Morgen hatte er zunehmend das Gefühl, von ihnen nicht mehr allzu weit entfernt zu sein.

Zunächst kam er aber – in seinem Schlendern die Straße runter – den Herren Drago und Capo näher. Das führte beim Eismann zu einem plötzlichen Gefühl der Beklemmung. Er dachte darüber nach, ob es denn nicht schlauer wäre, einfach umzukehren oder nach rechts oder links in einen Vorgarten auszuweichen.

Zur selben Zeit fuhr auf der A1 Richtung Bern ein Konvoi aus dunklen Geländewagen und ebenso dunklen Limousinen ruhig vor sich hin.

Als Erster wurde Drago wach, der sofort seinen Capo weckte und ihm den gesuchten Probanden ungefähr 80 Meter vor ihnen auf der Straße zeigte. Sie freuten sich, dass er zudem genau in ihre Richtung kam.

Genau im selben Moment wurde Charly Weger von einer plötzlichen Panikattacke heimgesucht. Er schrie wie am Spieß, sodass Pirmin den Wagen von weit über 100 Stundenkilometern auf nahezu Schritttempo herunterbremste. Der Wagen hinter ihm tat es ihm gleich.

Mittlerweile hatte der Capo den Wagen gestartet und fuhr ganz langsam in Ötzis Richtung. Der Eismann hatte eigenartige Gefühle. Zum einen spürte er die Gefahr, zum anderen war ihm immer noch so, als würde er sehr bald seine Freunde wiedersehen. Er spürte immer stärker, dass sie in seiner Nähe waren.

Charly Weger hatte inzwischen das noch stärkere Gefühl der Beklemmung. Also entschied Pirmin, erst mal von der Autobahn runterzufahren. Allerdings schaffte es nur der Journalist, mit Gambalunga und der Direktorin an Bord, auch die Ausfahrt zu nehmen und Sichtkontakt zu behalten.

Pirmin peilte ein Gasthaus an, das sich in Murten am See, unmittelbar in der Nähe der Ausfahrt, befand. Der Brite war der Meinung, Charly habe viel zu wenig gefrühstückt vor Aufregung. Und wer zu wenig esse, habe ein sehr dünnes Nervenkostüm.

Luh entschied sich, trotz der gegenläufigen Gefühle einfach erst mal entspannt seinen Weg weiterzugehen. Selbst dann noch, als er die Männer im Wagen erkannte, schlenderte er die Straße hinunter, weil irgendeine Stimme ihm sagte, dass es nicht der Mühe wert sei zu fliehen, da die Herren zu entschlossen schienen. Das waren sie auch: Sie packten Luh, stülpten ihm einen schwarzen Stoffsack über den Kopf und steckten ihn in den Kofferraum der Limousine.

„Schon wieder so ein Sack!", dachte Luh laut und fragte sich, ob das in diesem Leben nie mehr aufhöre oder ob es an ihm liege, dass er vielleicht zu gut war zu diesen Heutlingen und wohl noch nie richtig Nein gesagt habe. Da er die letzte Nacht aber nicht geschlafen hatte und es im Kofferraum mit dem schwarzen Sack über dem Gesicht so angenehm dunkel war, schlief Luh sehr bald ein.

Zeitgleich verdunkelten sich Charly Wegers Gedanken zusehends, als Pirmin Wüthrich den Wagen vor dem Gasthaus Stöckli parkierte. Der Wüthrich, der Pathologe und die Direktorin begleiteten Charly in das Gasthaus, um für ihn vielleicht etwas Schokocreme zu ordern, damit er sich wieder fing.

Der Capo und Drago verließen voller Stolz Kleinbösingen, in der Absicht, nie wieder in das Dreckskaff zurückzukehren, solange sie lebten. Obwohl die Einwohner des Balkans dem Aberglauben nicht abgeneigt waren, wussten sie in dem Moment nicht, dass sich ihre Absicht nicht ganz erfüllen sollte.

Zunächst hatte der Capo aber Frühstückshunger, weil er die Nacht im Auto wartend verbracht hatte. Drago, der keine Zigaretten mehr hatte, stimmte einer kurzen Einkehr in einer Gaststätte allein schon deshalb zu.

Dimitri, der Brite, der Journalist und Gambalunga machten in der Zwischenzeit am Parkplatz des Gasthauses Stöckli eine kurze Lagebesprechung und amüsierten sich darüber, dass die toughen Schweizer Agenten alle auf der Autobahn geblieben waren und sich jetzt in der Nähe von Bern wohl wundern würden, wo sie blieben. Ihr Gelächter wurde aber jäh durch ein sich näherndes Auto unterbrochen.

Der sehr unsympathische Fahrer fuhr dermaßen nahe an die Gruppe heran, dass allesamt einen Sprung zur Seite machen mussten. Dann stellte er den Wagen exakt dort ab, wo Dimitri und die anderen gestanden waren. Das löste natürlich Unmut bei Dimitri aus. Als die Herren ausstiegen, identifizierte der Russe ihre Herkunft und wunderte sich daher nicht mehr über den Fahrstil.

Gambalunga beruhigte Dimitri mit heftigem Kneifen in den Oberarm und flüsterte: „Wir machen hier jetzt keine grobe Aktion, wir sind in einer größeren und wichtigeren Sache unterwegs. Wir prügeln uns jetzt nicht mit irgendwelchen Schweizern balkanischer Herkunft!"

Der Russe überlegte kurz und fuhr dann seinen Adrenalinpegel wieder runter.

Als Drago und der Capo das Gasthaus Stöckli betraten, sahen sie eine eigenartige Familie dastehen. Da war ein Opa mit dünnem Haarkranz und einem Edelweißohrring, dann noch ein älterer Herr, der einen anscheinend verwirrten Jüngeren niederquatschte, wie es Bauern oft mit kranken Kühen tun. Dann war da noch eine Frau, die dasselbe Outfit wie die anderen trug. So als wäre sie unterwegs zum Paintballplatz.

Mittlerweile wimmerte Charly vor Angst nicht mehr allzu laut, er schien sich zu beruhigen. Allerdings störte es die beiden Herren von der Mafia bei ihrem Ansinnen, ein entspanntes Frühstück einzunehmen, dermaßen, dass der Capo dies unappetitlich kundtat: „Könnt ihr dem Spasti nicht das Maul stopfen? Das kann sich ja keiner anhören."

Pirmin, der Pathologe und die Direktorin schauten den Mann bestürzt an, während Charly Weger sich aus seiner auf dem Tisch kauernden Haltung aufrichtete, aufstand und aufrechten Ganges zu dem Mann hinübermarschierte mit den Worten: „Spasti ist so wie von Ihnen verwendet ein Schimpfwort. Es ist die Kurzform für Spastiker und wird im Sinne von Kretin übersetzt, das heißt Dummkopf für euch, die ihr ohne Zweifel dieser Kategorie angehört. Aber zurück zu den wirklichen Spastikern. Sie haben eine eingeschränkte Bewegungsfreiheit aufgrund der Schädigung des zentralen Nervensystems und tun sich schwer in der selbstständigen Bewältigung des Alltags. Was natürlich Folgen für das Selbstwertgefühl der Betroffenen hat. Vor allem wenn sie mit solchen Subjekten wie Ihnen konfrontiert werden."

Nun schauten die beiden albanischen Mafiosi eher verwundert in die Gegend, was Charly Weger schamlos ausnutzte, indem er per gezieltem Kick in den Solarplexus des Capo anschaulich demonstrierte, dass er in der Polizeisportgruppe in seinem früheren Leben durchaus ein eifriges Mitglied gewesen war. Der Capo seinerseits ging krächzend zu Boden, während sein Begleiter Drago ihn zu stützen versuchte. Dabei fiel Pirmin eine großkalibrige Smith & Wesson unter dem Sakko des Albaners ins Auge, was ihn dazu veranlasste, seine Freunde zum sofortigen Verlassen des Gasthauses aufzurufen.

Draußen am Parkplatz lehnte Dimitri entspannt am Heck der Albanerlimousine, neben ihm der Journalist. Gambalunga zappelte nervös herum, da diese Zwangspause eine weitere Verzögerung in ihrer Herzenssache bedeutete.

Plötzlich kam der Pathologe aus dem Gasthaus gerannt und schrie etwas von einer Pistole und dass Charly Weger einen weggekickt hätte. Ihm folgten die Direktorin, die ebenfalls um ihr Leben zu rennen schien, und ein breit grinsender Charly. Dahinter schrie Pirmin, dass sich alle verstecken sollten. Charly wuchtete sich daher hinter die Limousine der Albaner, während alle anderen in ihre Wagen stiegen.

Eigentlich wären die Freunde startklar gewesen, wenn da nicht zwei aus ihrer Mannschaft gefehlt hätten. Der Brite war irgendwo ins Abseits des Parkplatzes gegangen, um sich zu erleichtern. Und Charly hatte sich ausgerechnet unter dem Wagen seiner Gegner versteckt.

Nur wenige Momente später stürmte Drago mit der gezogenen Waffe aus dem Gasthaus, dahinter ein leicht gekrümmt laufender Capo. Drago stellte sich rund 15 Meter vor dem Wagen Pirmins hin und zielte auf seinen Kopf.

„Schickt das Arschloch raus!", schrie er unmissverständlich.

Charly Weger begann in diesem Moment am ganzen Leib zu zittern und auf seine Art zu beten: „Wenn jetzt der Luh da wäre, dann könnte er mir genau sagen, was ich tun sollte."

„Ja, das könnte er dir genau sagen!", sagte eine sehr vertraute Stimme über ihm.

„Luh, bitte, schick mir Mut. Du hast doch so viel davon!"

„Mit Mut allein kommt man auch nicht überallhin!", antwortete die Stimme wieder.

Und während Charly sich vor lauter Angst mit seinem Freund Luh unterhielt, entdeckte der Brite, der hinter einem Sattelschlepper am Parkplatz hervortrat, die brenzlige Situation, in der seine Freunde steckten.

Dimitri, der im Wagen neben Pirmin saß, zog langsam seine Kalaschnikow unter dem Sitz hervor und sagte Pirmin, dass die Windschutzscheibe und die Albaner wohl dran glauben müssten. Pirmin und der Pathologe waren absolut dagegen.

Der Brite schaffte es, trotz seiner mächtigen Statur, flink wie ein Wiesel in die zum Glück unverschlossene Fahrerkabine des Sattelschleppers. Ohne dass ihn die beiden Albaner bemerkten. Allerdings war seine Leibesfülle für die Fahrerkabine doch ein Stück weit eine Zumutung. Vor allem für die Handbremse. Die drückte sein vor Angst zitternder Bauch beiseite.

Die Angst des Briten war so stark, dass er gar nicht merkte, wie der Sattelschlepper lautlos und langsam nach hinten rollte.

Charly sprach immer noch zu der Stimme des Luh: „Ich vermisse dich so sehr!"

„Ich vermisse dich auch, mein Charly."

Drago vermisste die Ausführung seiner Anordnung. Er spannte den Hahn seiner Pistole und begann von sieben rückwärts zu zählen.

„Wieso sieben?", fragte Dimitri.

„Wieso sieben?", fragte der Capo.

„Ist meine Glückszahl!", antwortete Drago und zählte laut weiter.

„Luh, was würdest du jetzt machen, wenn du hier wärst?" Charly wurde zunehmend nervöser.

„Sechs!", schrie Drago.

„Ich würde gar nichts machen, denn die meisten Dinge lösen sich immer noch am besten von allein. Vertrau darauf, Ich musste das auch lernen." Die Stimme über Charly gab ihm Zuversicht.

„Wahrscheinlich hast du recht, wie du immer recht hattest", sagte Charly und wollte wissen: „Wie geht es dir eigentlich?"

„Die Luft ist ziemlich stickig hier, und dunkel ist es auch. Und ich kriege langsam einen Krampf in der Position. So könnte ich jedenfalls keine 5.300 Jahre liegen."

„Fünf", schrie Drago.

„Wir werden dich da rausholen, wo immer du bist. Es wird nicht mehr viel Zeit vergehen, das spüre ich." Jetzt versuchte Charly, zuversichtlich zu sein.

„Vier!", schrie Drago.

„Verdammt!", rief Dimitri. „Lasst mich ihn knallen ab, oder wollt ihr warten, bis er uns erschießt."

„Drei!", schrie Drago.

Charly wurde auch wieder nervöser: „Soll ich nicht einfach aufstehen und ‚Hier!' rufen, dann sind wenigstens meine Freunde nicht mehr in Gefahr."

„Das wäre eine Möglichkeit", sagte Luh, „aber in Gefahr ist man immer auf dieser Welt, in allen Leben, und selbst wenn du tot bist, besteht die Gefahr, dass dich jemand aufweckt, ohne dass du gefragt wirst. Aber trotzdem ist alles vergänglich. Einmal glaubt man, Macht über die Dinge zu haben, und dann kommt eine noch größere Macht, die dich von einem Moment zum anderen aus deiner Materie oder dem Bewusstsein reißt."

„Zwei!", schrie Drago.

Ein rückwärts rollender Sattelschlepper, dessen Parkbremse sich per Missgeschick gelöst hatte, rammte genau diese Anzahl unguter Zeitgenossen nieder. Dann stoppte das Vorderteil einer geparkten Limousine die Fahrt des Sattelschleppers. Die Schnauze des Wagens wurde vollständig unter der Hinterachse des Lkws zerdrückt, und durch den Aufprall sprang der Kofferraumdeckel auf.

Im Kofferraum setzte sich ein Mann in einem Achtzigerjahreanzug auf, dessen Hände am Rücken per Kabelbinder fixiert waren. Über den Kopf hatte er einen schwarzen Stoffsack gestülpt. Neben dem Wagen stand nun auch Charly auf, strahlte den Mann an und rief lautstark: „Luh!"

Die anderen Crewmitglieder begriffen allesamt nicht, was soeben geschehen war.

Nur Dimitri sagte leise: „Armes Charly, ist verrückt jetzt."

Alle Wageninsassen stimmten dem Russen leise und traurig zu, bis Charly es geschafft hatte, der Geisel der beiden Mafiosi den Sack vom Kopf zu nehmen. Jetzt stürmten alle überglücklich zum Schrottwagen. Alle lagen sich und vor allem Luh in den Armen. Besonders Gambalunga ließ nicht mehr von ihm ab. Alles jubelte und triumphierte.

Durch das Geschrei angelockt, kroch auch der Brite aus seinem Versteck und verstand zunächst gar nichts, sah aber, dass neben dem Lkw zwei bewusstlose Männer lagen.

Teil 4:

Erkennen

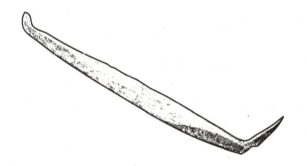

22 Wahre Freundschaft

„So können wir die hier nicht liegen lassen!", sagte Pirmin, während der Pathologe die beiden Mafiaschläger untersuchte.

Der Pathologe stand auf und bescheinigte den beiden grundsätzlich eine passable Gesundheit, allerdings seien sie temporär etwas außerhalb ihres Bewusstseins getreten.

„Dann sollte Dimitri ihnen was spritzen!", meinte Charly beiläufig.

Alle Anwesenden sahen sich an und machten einen spitzen Mund, um zu signalisieren, dass dies womöglich eine gute Idee sei.

Dimitri wuchs daraufhin sogar über sich selbst hinaus, denn er beschloss kurzerhand, den Herren Drago und Capo ein ganz spezielles Serum zu spritzen. Allerdings, so merkte Dr. Dimitri an, müsse man die Herren auch in sichere Obhut geben, bis zu dem Zeitpunkt, an dem sie wieder zu sich kämen. Hierzu hatte Luh eine ausgezeichnete Idee. Er dachte sofort an Herrn Zwingli, der mit seinem Hector der perfekte Aufpasser für die beiden wäre.

Die Freunde vertrauten in dieser Frage voll auf den Eismann und zudem waren sie der Meinung, dass es langsam an der Zeit sei, den Ort des Geschehens zu verlassen, da es hier wohl bald einen Riesenauflauf geben würde. So luden sie die beiden Patienten in die Autos und fuhren los. Richtung Kleinbösingen.

In der Wohnstraße angekommen, trafen die Freunde auf einen Herrn Zwingli, der gerade dabei war, mit einem Vorschlaghammer seinen Gartenzaun niederzureißen.

Luh stieg aus dem Geländewagen aus, den das Schweizer Abbruchkommando ganz genau musterte, während Hector voller Freude dem Eismann, der gerade die Autotür geöffnet hatte, auf den Schoß sprang.

Auch Charly begrüßte Hector überschwänglich: „Luhs Freunde sind auch meine Freunde, egal wie viele Beine sie haben."

Als Hector sich endlich etwas beruhigt hatte, konnte Luh Herrn Zwingli endlich erklären, worum es hier ging. Dazu stellte er sich mit dem Schweizer hinter den Wagen, Charly öffnete den Kofferraum, Hector begann zu knurren.

Herr Zwingli erkannte die Herren auf Anhieb, hatten sie doch gestern auf ihren Kollegen im Wagen vor dem Haus gewartet.

„Ihr habt sie also erledigt. Bravo!", sagte Herr Zwingli und fuhr gelassen fort: „Ich habe überlegt, den Garten ordentlich umzupflügen. Lasst sie nur hier, ich kümmere mich um sie."

Luh blickte verloren in die Augen des Schweizers.

Charly rannte nach vorne zum Wagen, um dem Pathologen zu berichten: „Er nimmt sie. Er wird sie im Garten einbuddeln!"

„Nein!", schrie der Pathologe und stürmte aus dem Wagen. „So war das nicht vereinbart." Als er vor dem Schweizer zu stehen kam, fragte er ihn sofort nach seinem Namen.

„Ehrenfried Zwingli mein Name, Herr Doktor."

„Freut mich sehr", antwortete der Pathologe händeschüttelnd. „Also, das ist jetzt folgende Situation, die Herren hier werden in den nächsten Stunden zu sich kommen, und dann wäre es uns recht, wenn sie für eine Festnahme die Polizei verständigen würden."

Herr Zwingli machte sich aber Sorgen über den Umstand, dass in der Schweiz nun Gott sei Dank keine Polizeiwillkür herrsche und man den Herren schon einen konkreten Vorwurf oder gar eine Anzeige formulieren müsse. Ansonsten werde die Polizei sie nicht einfach so festnehmen.

Diese Bedenken teilte auch Charly Weger. In der Zwischenzeit hatten sich Dimitri und Pirmin zur kleinen Diskussionsrunde dazugesellt, und Dimitri war es, der für allgemeine Erhellung sorgte: „Die sind leider nicht tot. Hatte Schießverbot. Aber unser Brite hat zum Glück mitgedacht und wollte plattfahren. Fahrt aber wie alle Briten schlecht und auf falsche Seite." Dimitri zog eine Taschenuhr der Sowjetarmee aus der Tasche und fuhr fort: „In zwei Stunden werden sie aufwachen und singen wie die besten Singvogel." Er prostete mit dem Flachmann den beiden Schläfern zu.

„Hector mag aber keine Chormusik", sagte Herr Zwingli.

Nun erklärte ihm Charly Weger, dass man unter Singen in diesem Fall meinte, dass man die Wahrheit sage. Dimitri habe nämlich den beiden ein permanent andauerndes Wahrheitsserum gespritzt.

„Und ich werde der Polizei noch ein paar entscheidende Anknüpfungspunkte liefern für den Befragungsmarathon, der ihnen bevorsteht", erklärte Pirmin.

Mit einem breiten Grinsen nahm der Hausherr die Gaben zur Aufbewahrung wohlwollend an und gab seinem Hector Instruktionen, die beiden mafiösen Schläfer nicht aus den Augen zu lassen.

Nach einer kurzen Verabschiedung und einer innigen Umarmung zwischen Luh und Herrn Zwingli begaben sich die Freunde nun offiziell auf die Heimreise. Hierfür hatte Pirmin sich eine ausgeklügelte Route aus reinen Nebenstraßen ausgedacht, weil er überzeugt war, dass mit der Deponierung der Herren Drago und Capo bei Weitem nicht alle Gefahren ausgeschaltet waren. Wobei die größte Gefahr aus seiner Sicht sowieso die öffentliche Meinung, oder noch besser gesagt die veröffentlichte Meinung, also die Medien, seien. Diese Prophezeiung sollte recht bald, wie das bei gelungenen Prophezeiungen der Fall ist, in Erfüllung gehen.

23 Kollektive Fantasien

Die angenehme Reise durch die idyllischsten Landschaften der Schweiz genossen die wieder vollzähligen Freunde sehr. Natürlich allen voran Charly Weger und Valeria Gambalunga, die ihren Blick keinen Moment lang von Luh ließen. Aber auch der Mann aus dem Eis war sehr erlöst wegen der Tatsache, endlich wieder bei seinen Freunden zu sein.

Weniger freundlich gingen in diesen Tagen die Medien mit der Geschichte um den vermeintlichen Eismann um. Plötzlich war er wieder auf den Titelseiten der Gazetten, weil es ein Leck gab, das über die Entführung des Mannes aus dem Eis berichtete: Ein internationales Forscherteam hätte ihn in einer holländischen Spezialklinik in Quarantäne gehalten. Nun sei es aber einer Gruppe von Personen gelungen – darunter auch die zwei höchst umstrittenen Wissenschaftler, welche die Gletscherleiche vor rund einem Jahr aus dem Museum entwendet hatten –, sie aus der Spezialklinik zu entführen und in die Schweiz zu bringen. Über die Frage, warum in die Schweiz, kursierten die wildesten Theorien. Es gab jene, die vermuteten, dass die Aktion von Anfang an eine Operation eines Schweizer Pharmaunternehmens gewesen sei, und jene, die überzeugt waren, dass die Schweiz als Nicht-EU-Land einfach den besten Schutz bot. Auf jeden Fall forderten einige selbsternannte Experten, die EU müsse umgehend die Außengrenze zur Schweiz hin dichtmachen, da sonst wieder eine hohe Gefahr für eine epidemische Bakterienverbreitung drohe.

Als diese Meldungen im Autoradio liefen, drehte Pirmin sofort weiter, um Musik zu hören.

Am ersten Abend kehrten die Freunde nach rund sechs Stunden Fahrt bei einem alten Freund von Pirmin Wüthrich ein, der ihnen in seiner an und für sich geschlossenen Pension Unterschlupf gewährte. Nach einem üppigen Käsefondue, das Luh äußerst interessant fand, stärkten sich die Männer und Frauen mit einem Glas feinsten Obstbrands, von dem Dimitri weit mehr angetan war als von der alten Milch, die unter dem Einfluss von Enzymen in einen relativ konsistenten Zustand gereift war und dann unter Hitzezufuhr schleimig gemacht wurde, um darin gemeinsam eine Gabel mit einem alten harten Brot schwenken zu können. Charly Weger hingegen sprach während des ganzen Abendessens nur davon, wie gut er Schokoladenfondue finde, und dass er das unbedingt einmal mit Luh essen müsse.

Pirmins alter Freund war ein bekannter Schweizer Soziologe, der von der Mannschaft wissen wollte, was ihr Plan sei, vor allem zur Beruhigung der Gemüter, allen voran des Medientenors, der zurzeit eher von einer ganz und gar nicht ötzifreundlichen Haltung geprägt sei.

Im gemütlichen Wohnzimmer des Soziologen gab es zunächst kollektives Achselzucken, bis sich der Journalist zu Wort meldete, weil er ja aus seiner Sicht der primär Angesprochene und Kompetenteste in dieser Frage war.

„Nun, ich denke, ich werde erst mal eine Reportageserie schreiben über die Haft von Luh, gespickt mit vielen Interviews mit ihm. Dann wird die Stimmung sehr rasch umschlagen, vertraut mir."

Die Direktorin quittierte die Wortmeldung mit ablehnendem Stirnrunzeln und Kopfschütteln: „Nein, wir müssen auf der wissenschaftlichen Ebene den Beweis erbringen, dass Luh ein Mensch ist wie wir alle, dass von ihm keinerlei Gefahr ausgeht und dass er Rechte hat wie jeder andere auch und nicht willkürlich eingesperrt und für Experimente verwendet werden darf."

Der Pathologe unterbrach die Direktorin mit der beipflichtenden Bemerkung: „Genau, mit wissenschaftlichen Mitteln müssen wir beweisen ..."

Jetzt war es Gambalunga, die den Pathologen unterbrach: „Nein, die einzige Chance, die wir haben, um Luh endlich seinen Frieden geben zu können, ist die juristische Ebene. Wir müssen den Fall vor den Europäischen Gerichtshof bringen und ein für alle Mal klarstellen, dass er eine eigenständige Person ist, und wenn wir wollen, können wir auch zwei Vormunde definieren. Das wären dann am besten wohl du und Dimitri – ihr wärt dann sozusagen seine Eltern ..."

„Die Staaten, gegen die wir kämpfen, haben viel mehr Anwälte!", grätschte Charly Weger in den Diskurs der Gambalunga ein. „Wir sollten uns eine abgeschiedene Berghütte suchen und den Luh dort allesamt verteidigen!"

Charlys Variante löste bei allen Vorrednern ein Gefühl der Aussichtslosigkeit aus, das sich in betretener Stille und demutsvoll gesenkten Häuptern ausdrückte. Dimitri war nun derjenige, welcher der Situation wieder einen positiven Drive geben wollte und seinen Lösungsvorschlag deponierte: „Wir hauen am besten ab in eines der nicht gut organisierten Länder. Es gibt noch genugend Orte, wo man unbehelligt abtauchen kann. Ich sehe das als einziges Moglichkeit."

„I think he's right, absolutely. I kann das organaizieren und finanzieren", sagte der Brite.

Wieder machte sich eine bestimmte Traurigkeit, diesmal allerdings mit einer Prise Hoffnung, breit bei den Freunden, während Luh das ganze Gespräch amüsiert zu beobachten schien.

Der Ball lag nun bei Pirmin, der eine Einladung aussprach: „Ich kann eigentlich nur dazu sagen, dass es meinen Dienstherrn absolut freuen würde, wenn ihr allesamt sein Angebot annehmen würdet, euch Asyl im Vatikan zu gewähren. Papst Franziskus hat mir das persönlich mehrmals mit Nachdruck unterbreitet."

Wieder schauten sich die Freunde reihum in die Augen, um in Erfahrung zu bringen, wie der Rest der Gruppe zu dem Vorschlag stand. Bis Luh aufstand, zum offenen Kamin ging, ein Stück Holz ins Feuer warf und, ohne den Blick vom Feuer zu lösen, sagte: „Den guten Franz würde ich gerne noch mal wiedersehen. Aber das wird sich in diesem Leben nicht mehr ausgehen."

24 Luhs Weg

Am Vorabend waren alle nach Luhs kurzer Kaminfeueransprache laut- und sprachlos zu Bett gegangen. Beim Frühstück sprachen nun alle nur das Notwendigste. Ein eigenartiges Gefühl lag in der Luft, das keiner in Worte fassen konnte, bis Luh sich an alle am Tisch wandte: „Ich habe mich gestern sehr amüsiert über all eure Ideen, wie es jetzt weitergehen solle. Aber es soll nicht weitergehen."

Charly verschluckte sich an seinem Schokocremebrot, Gambalunga erstarrte in einem gefrorenen Blick.

„Nein, ihr sollt nicht Angst bekommen. Es soll nur nicht weiter nach vorne gehen. Sondern zurück. Ich will und ich muss zurück an den Ausgangspunkt dieser Geschichte. Nur so kann es eine Lösung geben."

„Du meinst, an den Ort, wo du gefunden wurdest damals?", fragte die Direktorin mit ganz leiser Stimme.

„Nein, das ist der Ort, wo der Zeitstrahl einen Knoten hatte", antwortete der Eismann mit ebenso leiser Stimme. „Dort, wo alles Leben für mich begonnen hat."

„Also da, wo wir dich regeneriert haben? Das Berggasthaus?", wollte der Pathologe wissen.

Luh lachte laut. „Was für eine falsche Vorstellung von Leben ihr doch alle habt."

„Da, wo du wirklich geboren wurdest vor 5.300 Jahren?" Charly lachte mit Luh.

„Mit der Geburt beginnt das Leben nicht", klärte Luh auf, trotzdem machten ratlose Blicke weiter die Runde.

Nur der Brite schien an einer möglichen Antwort zu kauen, bis er sie häppchenweise hervorspuckte: „You mean, wenn Vater und Mutter ..."

Luh lachte leise, legte seinen Kopf in den Nacken und schloss die Augen. „Ein wunderbarer Moment, der beste in jedem Leben. Ein Moment, den wir unser ganzes Leben lang suchen und nicht mehr wiederfinden. Nur in jenem Moment, in dem wir wieder gehen."

Jetzt spürten auch alle Anwesenden so einen Hauch des perfekten Moments, an dessen Suche sie sich gar nicht mehr erinnert und dessen Finden sie versäumt hatten, aus Tausenden absurden und immer nichtigen Gründen. Trotzdem lächelten alle Luhs Lachen und legten wie er ihre Köpfe mit geschlossenen Augen in den Nacken. Und obwohl es stark bewölkt war, strahlte eine Sonne in das Haus, wie sie noch keiner gespürt hatte in seinem Leben.

„Ich weiß", sagte Luh, „ihr Heutlinge habt die tiefe Erinnerung verlernt. Ihr erinnert euch ja nicht mehr an eure eigene frühe Kindheit. Das sagt eigentlich alles über den Zustand eurer Seele."

Und schon wieder herrschte betretenes Schweigen unter den Freunden, gemischt mit einer Art Vorfreude über das, was da nun wohl kommen werde. Sie alle waren bereit, etwas von Luh zu lernen. Am praktischsten dachten Pirmin und Dimitri, die fragten, wohin man denn fahren müsse, um genau seinen Moment der Zeugung zu finden.

„Oh, das weiß ich auch nicht", sagte Luh, und acht weit aufgerissene Augenpaare starrten ihn an. „Aber", meinte der Mann aus dem Eis, „wenn ich in der Nähe bin, dann werde ich es merken."

„Na dann, lasst uns brechen auf!", sagte Dimitri.

Und so machte sich der Konvoi mit zwei Wagen wieder auf die Reise. Beim Einstieg in den vorderen Geländewagen sagte Pirmin zu Dimitri, dass es wohl schlau wäre, wieder nach Südtirol zu fahren, denn er gehe nicht davon aus, dass Luhs Eltern ihn auf der Hochzeitsreise in Übersee gezeugt hätten.

Nach einer weiteren stundenlangen Fahrt kamen die Gefährten im Val Müstair an. Dort hatte Pirmin ein weiteres Nachtquartier in einem Benediktinerinnenkloster aus dem 8. Jahrhundert organisiert. Das Kloster lag zudem keine zwei Kilometer von der italienischen Grenze entfernt, und in den umliegenden Bergen gab es eine ganze Reihe von Möglichkeiten, die grüne Grenze ungesehen zu passieren. Denn Aufsehen zu erzeugen war das Letzte, was man jetzt brauchte, dachte Pirmin, als sie alle ihr Zellenquartier bezogen.

„Bloß kein Strohfeuer der Aufmerksamkeit", betete der Jesuitenpater in geheimer Mission des Papstes. Allerdings dachte er nicht daran, dass manchmal ein ganz kleiner Funke genügte.

Und dieser Funke war kein göttlicher, wie es sich eine Teilnehmerin der Frauenheilfastenwoche im Kloster so sehr ersehnt hatte. Aber es war etwas Ähnliches, vielleicht sogar Wertvolleres, denn sie hatte einen kurzen Moment im Vorbeigehen in die Augen eines Mannes geblickt, dessen Pilgergruppe abends das Kloster betreten hatte. Bereits in der ersten Viertelsekunde spürte sie, dass dieser Moment sie bis ans Ende ihres Lebens begleiten würde.

Da die Teilnehmerin auch das Seminar „Wie schreibe ich erfolgreich fürs Internet" besucht hatte, verfasste sie noch am selben Abend einen sehr emotionalen Text über diese wundervolle Begegnung im Kloster und beschloss, ihn am nächsten Morgen in ihrem Blog zu posten. Denn leider hielt sie sich in ihrer Fastenwoche nicht an die Anweisung zur geistigen Reinigung, auf all den technologischen Schnickschnack zu verzichten.

Viel schlimmer war aber die Tatsache, dass die Frau zu allem Überfluss eine weitere Begegnung mit dem Luh hatte, den frühmorgens seine Blase drückte und der einen Ort zur Erleichterung suchte. Dabei lief ihm die Frau aus der Fastenwoche über den Weg, die sich zuerst erschreckte über die Tatsache, dass der Eismann ein Nacktschläfer war, sich dann aber freute, den Mann mit der überwältigenden Aura wiederzusehen. Eine Ausstrahlung, die in seiner Mannespracht noch mehr zur Geltung kam.

Die Frau nahm all ihren Mut zusammen und fragte Luh, ob sie mit ihm ein Selfie machen dürfe. Die ehemalige Gletscherleiche mit extremem Harndrang willigte sofort ein, mit der Bedingung, dass die Frau ihm den Weg zu einem dieser Wasserdingsbums zeige, um Lulu zu machen. Instinktiv entledigte sich auch die Frau ihrer Kleider und stellte sich neben den Eismann.

Während Ötzi anschließend Tröpfchen für Tröpfchen seinen Urin beobachtete, wie er den Weg nach unten auf das weiße Porzellan nahm und sich dort in noch kleinere Tröpfchen zerlegte, die dann auf den kleinen gelben See purzelten, um dann von der großen Hellwasserwelle durch einen Kanal hinaus in die Welt geschwemmt zu werden, geschah über das Smartphone der Fasterin das Gleiche: Sie postete das Foto mit Luh und ihre intuitive Vermutung, sie sei jenem Mann begegnet, den gerade die ganze Welt suche. Er sei aber ein friedlicher Zeitgenosse mit unglaublicher Ausstrahlung und die spannendste Begegnung in ihrem Leben. Da sie Luh schamlos bis hinunter auf die Schenkel verewigt hatte, brüstete sie sich auch noch mit mehrdeutigen Anspielungen. Weil sie auch noch den Ort der Zusammenkunft angab und eine Freundin aus dem Volkshochschulkurs gerade ihr Journalistenvolontariat im zweiten Bildungsweg machte, nahmen die Dinge ihren katastrophalen Lauf.

Die Gefährten hatten vereinbart, den Tag im Kloster zu verbringen, da der Grenzübertritt bei Tageslicht zu gefährlich schien. Ihre Zeit vertrieben sie sich alle auf unterschiedliche Weise.

Gambalunga schmachtete ihren Luh an, der immer wieder zärtlich seine Hand in ihre legte. Charly spielte mit Dimitri eine Runde Schach und gewann zweimal, unerwarteterweise, in Folge. Der Pathologe und die Direktorin erzählten sich gegenseitig, wie ihre Eltern sich kennengelernt hatten, und fantasierten darüber, wie und wo wohl der magische Moment ihres Entstehens stattgefunden habe. Der Brite interessierte sich sehr für den klösterlichen Garten. Der Journalist las alle alten Zeitungen der letzten Wochen, da er das Gefühl hatte, nicht mehr zu wissen, was die Weltpresse treibe, und weit weg vom Geschehen zu sein. Dabei ahnte er nicht, dass das, was die Weltpresse in diesem Moment antrieb, genau die lästige Klingel der Klosterpforte war, die gerade unaufhörlich bimmelte.

Die diensthabende Pförtnerschwester öffnete nur die kleine Sichtluke im Tor der hohen Klostermauern und lief geschockt zur Äbtissin. Diese wiederum stieg mit wehendem Schleier die Stufen des Kirchturms empor, um sich ein Bild von der Lage zu machen. Nach einem kurzen Blick auf den Auflauf in der Klosterauffahrt ließ sie sofort nach Pirmin Wüthrich rufen, der seinen russischen Freund mitbrachte, was wiederum schlecht für die keuschen Ohren der Äbtissin war.

„Ёптель-мопсель, пизда рулю! Ебаное дно, ну охуеть теперь!", schrie Dimitri an diesem Vormittag wie ein Muezzin von der Klosterkirche im beschaulichen Münster, das mit seinen 1.539 Einwohnern von anfangs Dutzenden, dann Hunderten Journalisten überrannt wurde. Die Mutter Äbtissin neben Dimitri hob ihre linke Augenbraue und bekreuzigte sich. Pirmin tat es ihr gleich.

Dann gab die Mutter Äbtissin die Order aus, dass niemand das Kloster verlassen dürfe und alle, die sich im Kloster aufhielten, in ihre Zellen gehen sollten. Auch die Heilfastenteilnehmerinnen.

25 Ein langer Marsch

Im Büro der Äbtissin trafen sich gegen Mittag die wenigen Mitschwestern, die noch unter 80 Lebensjahren waren, und die neun Gefährten. Die Belagerungssituation und der permanente Drohnenüberflug waren nicht nur lästig, sondern für alle bedrohlich. Deswegen war der Raum erfüllt von nervöser Spannung.

Lediglich die Äbtissin schien ein Ruhepol zu sein. Sie saß entspannt hinter ihrem Schreibtisch und begann den Raum mit einem Lächeln zu fluten, welches nur alte Frauen auf ihr Gesicht bringen.

„Lieber Herr Dimitri, Sie haben mich heute durch Ihre etwas überzogene Beurteilung der Situation oben am Turm auf eine Idee gebracht, oder besser gesagt an etwas erinnert."

Dimitri verstand nicht, was Mutter Äbtissin meinte, bis sie ihm in perfektem Russisch erklärte, dass ihr Mat, die russische Ordinärsprache, durchaus vertraut sei.

Dimitri wurde knallrot im Gesicht, was ihm das letzte Mal in der Pflichtschule passiert war, als er beim Fluchen erwischt wurde.

„Woran haben Sie sich denn erinnert, Schwester Oberin?", wollte nun Pirmin wissen.

Schwester Oberin grinste wieder. „Nun, ich weiß, wie Sie hier rauskommen. Es gibt nämlich einen geheimen unterirdischen Gang, der von der Kirche aus unter der Straße direkt in den Keller des Gasthauses gegenüber führt."

Ein kleiner Applaus brandete im Ordinariat des Klosters auf, und die Gefährten hatten wieder Hoffnung. Auch wenn das bedeutete, das meiste ihrer Ausrüstung zurückzulassen und ab nun zu Fuß nach Luhs Ursprung suchen zu müssen.

Kurz nach Einbruch der Dunkelheit waren die Freunde bereit zum Abmarsch und betraten mit Stirnlampen versehen die Kirche, um von dort in den geheimen Gang zu gelangen. Die Mutter Äbtissin gab jedem einzeln die Hand und ihren aufrichtigen Segen. Als die Reihe an Dimitri war, zwinkerte die Schwester Oberin ihm zu.

Der Russe seinerseits wollte von der Benediktinerin wissen, wie genau jetzt ihre Assoziationskette von seinen sexuell aufgeladenen Flüchen zu dem geheimen Tunnel war. Schwester Oberin näherte sich ganz nah an Dimitris Ohr und flüsterte etwas, was niemand außer ihm hören konnte. Der Russe war zum ersten Mal in seinem Leben schockiert. Pirmin aber forderte ihn auf, endlich in den Tunnel zu kommen.

Nach wenigen Minuten hatten sie schließlich den Keller des Gasthauses an der gegenüberliegenden Straßenseite erreicht. Die Klosterfrauen hatten genaue Kenntnisse über die Architektur des Hauses und hatten Pirmin genaueste Anweisungen gegeben, wie man ungesehen den Keller rückseitig des Hauses verlassen konnte.

So marschierten neun Gestalten mit Stirnlampen über eine große Wiese, während nur rund 50 Meter entfernt eine Reihe von TV-Übertragungswagen mit ihren Satellitenschüsseln auf jenen Mann lauerte, der nun die Führung der nächtlichen Wanderung übernahm.

Luh marschierte seinem Gefühl nach Richtung Sonnenaufwach. So gelang es nicht nur, den temporären Medienrummelplatz, sondern auch die Schweiz hinter sich zu lassen.

An diesem Rummelplatz sah man das natürlich anders, denn unbestätigten Stimmen aus Polizeikreisen zufolge war mittlerweile bestätigt, dass sich in dem Kloster eine Person aufhielt, die unter Umständen mit dem Verschwinden der mutmaßlich wiederbelebten Gletscherleiche zu tun hatte. Der wahrscheinlich Wiederbelebte war ja, wie vor einigen Tagen berichtet, aus seiner Quarantäne in einer niederländischen Spezialklinik geflüchtet oder – so eine weitere Ermittlungshypothese – entführt worden. Die Tatsache, dass er hier in diesem Kloster nahe der italienischen Grenze – die Sie hier hinter mir sehen können – jetzt gesichtet wurde, ist ein weiteres eindeutiges Indiz, dass es sich tatsächlich um den sogenannten Eismann handeln könnte. Der ja, wie man weiß, Italiener ist …

„So eine Scheiße aber auch!", schrie Dimitri durch die Nacht.

„Pst", mahnten Charly Weger und der Pathologe synchron.

„Entschuldigung!", schrie Dimitri wieder.

„Pst", wiederholten Charly Weger und der Pathologe ihre Mahnung.

„Habe vergessen, dass wir auf Flucht sind, aber ich hasse Bergwanderungen, seit Afghanistan", flüsterte der Russe nun relativ laut.

„Me too", ergänzte der Brite keuchend.

„Du warst in Afghanistan?", wollte Charly Weger wissen.

Luh nahm das lautlos mit einem Lächeln zur Kenntnis. Nur der Pathologe mischte sich ein: „Dimitri, genieße es, es tut deinem Kreislauf gut!"

Der Russe antwortete relativ mürrisch: „Ich habe es lieber geradeaus."

Das war auch die Richtung, in die Bergführer Luh die Gruppe nach oben führte. Sehr weit nach oben führte.

Nach rund fünf Stunden Aufstieg über den Grat des Piz Chavalatsch machte die Gruppe die erste große Rast. Da es den meisten Mitgliedern der Bergwandergruppe, mit Ausnahme des Eismannes, aber zu kalt war am zugigen Grat, beschloss der Bergführer, auch noch den Abstieg auf die Obere Stilfser Alm zu wagen. Luh hatte die Almhütte in der sternenklaren Nacht bei Vollmond ohne Probleme vom Grat aus erkannt.

Nach weiteren zwei Stunden kam die Vorhut bei der Almhütte an, und mit einer weiteren Stunde Abstand kroch der Brite daher.

Mit Sonnenaufgang legten sich die Gefährten zur Ruhe in einer Gott sei Dank leeren Almhütte, deren Tür für Dimitri und sein kleines, aber technisch versiertes Marschgepäck kein Hindernis bedeutete.

Während die Freunde in ihren verdienten Schlaf fielen und sich reihum aneinanderkuschelten, drang in drei Kilometer Luftlinie entfernt eine Sondereinheit der Schweizer Polizei in ein Kloster ein. Der Zugriff kam zu spät, da die möglichen diplomatischen Konsequenzen mit dem Vatikan ein langes Abwägen der Entscheidungsträger ausgelöst hatten. Bis schließlich sich jene durchsetzten, die einem Eindringen zustimmten.

So zogen die Einsatzkräfte wieder ab, allerdings nicht mit leeren Händen. Die Fastenkurteilnehmerin, die offensichtlich Kontakt mit dem Gesuchten, und wie es schien, auch intimer Natur hatte, wurde unter verschärften Quarantänemaßnahmen mit abtransportiert.

Leider waren besagte Maßnahmen nicht förderlich für die Selbstdarstellungsneigungen, von denen die gute Frau allerdings in den darauffolgenden Wochen restlos geheilt wurde durch die vielen angedichteten Schwangerschaften, Neigungen und Praktiken, von deren Existenz sie bisher gar nichts gewusst hatte. Da nützte es gar nicht, dass es ebenso eine postemanzipatorische Bewegung in den Sozialen Netzwerken gab, die sie als Ikone vergötterte und deren Mitgliederzahl in wenigen Tagen explodierte.

Gegenläufig zu den Mitgliederzahlen der Bewegung schien der Brite trotz zehn Stunden Schlaf eher zu implodieren. Der Pathologe meinte nach einer kurzen Untersuchung, dass es wohl besser sei, die anstehende Nacht als solche zu nutzen und erst am nächsten Morgen wieder loszumarschieren. Da Luh in anderen Zeitdimensionen dachte und fühlte, akzeptierte er diese Verzögerung ohne Widerspruch.

Die Gruppe beschloss also, dem Briten in der Hütte seine Ruhe zu lassen, und setzte sich draußen an ein Lagerfeuer, das Pirmin entzündet hatte. Luh genoss diese Situation sichtlich, und er begann, seinen Freunden die Gestirne am Himmel zu erklären.

Er zeigte zuerst auf Deneb, dann rechts daneben auf Wega und darunter auf Altair. Luh sprach ihre Namen langsam in seiner Sprache aus. Alle Freunde wiederholten die Namen, um sie sich einzuprägen. Dann erklärte Luh lange und ausgiebig, wie es sich mit diesen Sternzeichen verhielt, denn laut dem Credo aus seiner Jugend sei das Sommerdreieck das zentrale Symbol, mit dem sich alles auf der Welt erklären lasse. Nein, sogar die Welt selbst. Das Dreieck stehe für Mann und Frau und deren Vereinigung, aus der Leben entstehe: das Kind. Jeder Berg sei im Grunde wie ein Dreieck, deshalb zeichnen ihn kleine Kinder, die noch eine reine Seele haben, auch als Dreieck. Aber auch ein Fluss ließe sich mit dem Dreieck erklären: Ein Fluss habe eine bestimmte Tiefe, eine bestimmte Breite und, man glaubt es kaum, eine bestimmte Länge. Gute Geschichten werden meist in drei Büchern, einer

Trilogie, erzählt. So wie das hier. Auch das Leben selbst bestehe aus drei Dingen: der Geburt, dem Sterbemoment und dem Dazwischen. Als Luh das ausführte, blickte er den Pathologen und Dimitri an, die ihre Köpfe senkten.

Luh fuhr aber mit seinen Ausführungen fort wie ein großer Meister. Er nannte viele weitere Beispiele, um die wesentliche Theorie seiner ersten Zeit auf diesem Planeten zu erklären. Mit jedem neuen Beispiel stieg die Zustimmung der Zuhörer, zuerst leise, dann zunehmend artikulierter. Der Eismann steigerte sich zusehends in seine Ausführungen hinein und begann immer mehr, dabei zu grinsen, dann zu lächeln, bis alles zu einem Lachen heranwuchs.

Die ganze Gruppe lachte mit, ohne genau zu verstehen warum. Aber alle waren schon lange nicht mehr so ausgelassen gewesen.

„Du hast uns verarscht? Stimmts?", sagte Charly.

„Jo mei!", antwortete Luh, was nicht auf eine bisher nicht entdeckte Abstammung aus dem Bayrischen zurückzuführen, sondern vielmehr der Tatsache geschuldet war, dass er das Südtiroler Wort für *Ja* mit dem ursprachlichen Wort *mei* für Scherz und Lachen vermischte.

Weit nach Mitternacht legten sich langsam alle schlafen. Sie legten sich rechts und links neben den Briten, der immer noch exakt gleich auf dem Rücken ruhte. Nur der Eismann genoss noch die Ruhe der Nacht und die zarte Hand der Valeria Gambalunga, die ihm den Nacken streichelte.

26 In das Zurück

Als die ersten Sonnenstrahlen die umliegenden Berghänge berührten und die Ersten der Gruppe aus dem Lager krochen, hatten Luh und seine Valeria bereits ein Frühstück aus dem Proviant der Klosterküche bereitet.

„Stärkt euch", sagte Luh, als alle am Tisch saßen, „heute wird ein anstrengender Tag für euch."

„Oh my god!", schrie der Brite mit wackliger Stimme. „I go and call mir aine Heli!"

„Der mag keine Ausländer!", sagte dazu Luh grinsend.

Alle am Tisch verwirrte diese Aussage. Nur Pirmin blieb sachlich und lehnte den Vorschlag des Briten ab, denn dann könne man gleich die Polizei anrufen und die genaue Position durchgeben. Mit einem leisen „damned mountains" verbiss sich der Brite in sein Brötchen und versuchte, in seiner großen Tasse Tee sein Gesicht zu ertränken.

Mit seiner Erschöpfungsdepression war er aber das komplette Gegenstück zu den restlichen Mitgliedern der Mannschaft, die allesamt eine Stimmung versprühten, als seien sie auf einem ihrer ersten Schulausflüge in der Kindheit. Alle genossen das Gefühl bis in die letzte Zelle ihres Körpers, ohne zu ahnen, was es mit diesem Gefühl noch auf sich haben würde.

Als die Sonne einen Fingerbreit über den Bergen stand, meinte Luh, es sei an der Zeit aufzubrechen. Die Mannschaft gehorchte widerspruchslos, und selbst der Brite schien sich seinem Schicksal ergeben zu haben. Dimitris heimliches *Würzen* seines Tees schien zudem seine Wirkung zu tun.

Das gab dem Briten die Möglichkeit zu einigen Gedanken, die nicht nur um die reine Überlebensfrage kreisten, sondern um die Frage, warum er denn eigentlich hier sei. Dabei hätte er jetzt gemütlich in einem seiner Landsitze in Yorkshire oder einem seiner Häuser am Meer sein können. Um diese Jahreszeit vielleicht in Cannes, wo gerade die Filmfestspiele liefen. Er könnte im Armani Caffè am Boulevard de la Croisette mit seinen Geschäftsfreunden einen Aperitif trinken …

An diesem Punkt kamen seine Gedanken ins Stottern. Es war das Wort Freunde, das ihm den kalten Schweiß über den Rücken jagte. Er erinnerte sich glasklar an Jason Smith, der plötzlich mit ihnen auf dieser Wanderung war, aber kein bisschen älter als damals aussah. Der Brite blieb stehen, um den Moment zu genießen, oder auch nur, um ihn zu verstehen.

Jason hingegen begrüßte ihn so wie immer. Dann zeigte er auf dessen Schuhe mit den Worten: „Du willst mit den Schuhen hinauf auf den Berg?"

Der Brite blickte auf seine Beine und musste feststellen, dass er zum einen kurze Hosen anhatte und zum anderen ein Paar Schuhe, die er vor Jahrzehnten immer getragen hatte. Darin steckten die zwei Beine aus seiner Jugend: gertenschlank und kreidebleich. Auch der Brite fühlte sich schlagartig jung. Er schloss kurz die Augen und ohrfeigte sich. Was Jason veranlasste, zu fragen, ob er spinne.

Als der Brite die Augen öffnete, stand er immer noch da: Jason, der Sohn des Hausmeisters am Landsitz der Familie. Sein einziger Freund aus der Kindheit, wie ihm die Tränenflüssigkeit in seinen Augen in diesem Moment bestätigte. Sie hatten die wunderbarste Zeit miteinander erlebt, bis zu dem Moment, als sie im Alter von zwölf Jahren vom Vater beim Doktorspielen ertappt wurden. Der Hausmeister und sein Sohn mussten das Anwesen am Tag darauf verlassen. Die beiden Freunde hatten sich nie mehr wiedergesehen.

Sein ganzes Erwachsenenalter hindurch hatte der Brite sich immer wieder gefragt, wo Jason wohl abgeblieben war, und sich gewünscht, ihn wiederzusehen. Dann war es immer wieder das „Besser nicht" gewesen, das ihn davon abgehalten hatte, ihn zu suchen. Ohne triftigen Grund eigentlich.

Und jetzt war er da, dieser Jason, und marschierte mit ihm über die Berge. Dabei erzählten sie sich gegenseitig ihre Erinnerungen an die Tage von damals, die Jahre so voller Spaß und Abenteuer. Der Brite war wieder glücklich und verstand nun auch, wieso er Luh und seine Freunde so sehr mochte: weil sie ihn von Anfang an akzeptierten als den Menschen, der er ist. Ohne sein Geld sehen zu wollen, sein Vermögen, wie alle sogenannten Freunde zwischen Jasons Zeit und heute.

Rund 20 Meter weiter ging der Journalist allein seinen Weg, der ein Weg ins Zurück war. Nur Kinderlachen begleitete ihn von weiter hinten. Und das zog auch ihn zurück in die Bilder seiner Kindheit, die der rhythmische Atem erzeugte. Er sah sich plötzlich als Kind auf dieser Wanderung und auch bei ihm war es wie damals: Er lief den Älteren, den Größeren hinterher. Zu ihnen wollte er gehören. Den Anschluss finden an die Bandenführer, die es damals noch gab, in den Vierteln, die voll von Kindern waren wegen des Geburtenbooms in den Sechzigerjahren. Damals bedeutete Kindheit noch die Freiheit, dorthin gehen zu können, wohin man wollte, solange man abends rechtzeitig zum Abendessen zu Hause war.

Der Wunsch dazuzugehören trieb ihn im Grunde immer noch an. Auch wenn er es selbst nie zugeben würde, denn er versuchte sich heute ja bewusst von den Bandenführern abzuheben. Durch seine Bekleidung, seinen Nichthaarschnitt und seinen Antihabitus. Aber auch dafür hatte es ein Ereignis gegeben, das ihm immer noch tief in den Knochen saß und dessen Geruch er nun wieder in der Nase hatte, als stehe er jetzt mitten auf dieser Waldlichtung. An deren Rand man die schönsten und besten, nämlich die abgestorbenen, trockenen Zweige der Waldrebe fand, die die älteren Kinder im Dorf so gerne als Zigaretten rauchten.

Weil der junge Bub eine Großernte vor sich liegen gehabt hatte, hatte es ihn zu sehr gejuckt, selbst eine zu probieren. Obwohl eigentlich der Plan vorsah, mit seiner Ausbeute, die er auf seine Rückentrage binden wollte, die Großen zu beeindrucken. Als selbstbestimmtes Aufnahmeritual sozusagen. Der Gedanke hatte ihm gefallen, und die Belohnung seiner ersten Nielen-Zigarette ließ ihn sich so entspannt auf die Wiese legen, dass er benebelt vom Rauch kurz einnickte.

Ein viel größerer Rauch hatte ihn etwas später geweckt, nämlich jener von einem der größten Waldbrände des Jahrzehnts, dessen Entstehung niemals richtig aufgeklärt wurde. Weder von der Feuerwehr noch einem der lokalen Journalisten.

Der kleine Journalist im Alter von neun Jahren hatte jetzt furchtbar heiß und schwitzte, obwohl die Gruppe auf über 2.000 Meter Meereshöhe unterwegs war. Er rannte seiner brandgefährlichen Kindheit nun davon, aber zum letzten Mal in seinem Leben. Dabei überholte er sogar seinen Vordermann, den Schweizer.

Pirmin Wüthrich hatte es als Kind schon gehasst, von jemandem überholt zu werden, darum hatte er früh alle Fähigkeiten trainiert, die ihm das Leben in Innerrhoden so abverlangte: von Geißmelken über Grasmähen bis zum Abtransport der Milch zu Fuß von der Alm und viele weitere Arbeiten, die ihm sein alter Herr auferlegte. Der war auch immer hinter ihm gewesen, um ihn zu kontrollieren, bei jedem Handgriff, den er tat, und mit strengem Blick, mögliche Verfehlungen zu ahnden.

Darum legte Pirmin nun im Aufstieg einen Zahn zu, spürte aber weiter den Atem des Vaters im Nacken. Bis er sich umdrehte, der kleine Pirmin, und den Stock, auf den er sich immer wieder stützte, zwischen sich und dem Vater in den Dreck wuchtete, und mit einem Blick, der alle Wetter verscheucht hätte, wäre es ein bewölkter Tag gewesen.

Sein Vater stand da, fassungslos: „Ja Pirmli, was isten los mit dir?"

Der elfjährige Bub nahm seinen viel zu großen Rucksack, den er zu seiner Firmung bekommen hatte, und zog daraus ein Handy hervor. Er hielt es seinem Vater vor die Nase und schrie ihn an: „Weisch du, was das ist? Weißt natürli nit. Ist ein Mobiltelefon. Wie das bei der Post, nur zum Mitnehmen überallhin! Und damit tu ich jeden Tag den heilige Vatter anrufe. Um zu sagen, dass alles in Ordnung ischt! Und weisst, was ich jetzt tu? Lueg her!"

Es war wahrscheinlich göttliche Fügung, Schweizer Präzision, organisatorisches Talent oder eine Mischung aus allem, aber just in dem Moment läutete das abhörsichere Handy mit dem angezeigten Namen *Franziskus 0*. Der kleine Pirmin antwortet mit einer SMS: „Fick dich!"

Es hat sich dem Autor bisher nicht erschlossen, ob Pirmins Vater, der noch im späten 19. Jahrhundert in Innerrhoden zur Welt gekommen war, diese Worte und die technische Kommunikation verstand.

Der Heilige Vater war allerdings sehr verwundert über Pirmins Nachricht. Er erkundigte sich während der Generalaudienz im Vatikan beim Camerlengo, ob es eine Änderung in den Geheimcodes gegeben habe. Der Camerlengo seinerseits wollte wissen, was der General Wüthrich gesendet hatte. Worauf der Papst, der nicht bedacht hatte, dass sein Mikrofon eingeschaltet war, Pirmins Nachricht vorlas. Exakt in dem Moment, als der italienische Innenminister Selfini sich zum Handshake Richtung Papst aufmachte.

Dieser Zufall, der, auf Video gebannt, ein viraler Hit in ganz Italien und Europa wurde, löste sogar eine äußerst massive Antipopulistenbewegung aus, deren zentraler Slogan Pirmins Nachricht wurde. Die Bewegung wurde in kürzester Zeit so erfolgreich, dass die italienische Rechtsregierung abdanken und die Parlamentarier der rassistischen Lega Nord nun eine Migrationsbewegung europäischer Vollidioten entlang der südlichen Sahara Richtung Süden anführen und dort ein unwillkommenes Flüchtlingsdasein erleben musste.

Nein, leider. In Wahrheit reichte Luhs Zauber an jenem Tag nicht ganz so weit.

27 In Verborgenes

Pirmin blieb noch den ganzen Tag verzaubert von diesem starken Moment, den er da erlebt hatte. Mit stolzer Brust marschierte er weiter wie alle anderen immer entlang der Baumgrenze.

Für Valeria Gambalunga war es ein Tag entlang der Traumgrenze. Denn endlich war sie unterwegs mit ihrem Luh, von dem sie in den letzten Monaten jede Nacht und meistens auch bei Tag geträumt hatte. Und jetzt war er hier vor ihr auf einem Fußmarsch ins Glück. Obwohl sie Gänsemärsche eigentlich nicht mochte, ein Kind hinter dem anderen oder noch schlimmer, ein Kind hinter vielen Erwachsenen. Das hatte sie mehrmals in der Woche auf all den Beerdigungen, die sie als Tochter einer Mesnerin und Totengräberin schon mitgegangen war, erlebt.

Ein Blick auf die Schuhe ließ sie kurz erstarren, da sie schmutzig waren, und das konnte die gar nicht ausstehen. Es sei eine Frage des Respekts, hatte sie immer gesagt. Respekt gegenüber den Toten. Auch wenn Gambalunga sich fragte, ob man nichts Besseres zu tun hätte, wenn man tot sei, als die Schuhe aller Teilnehmer der Trauerfeier zu kontrollieren.

Einmal hatte sie es gewagt, diese Frage laut zu stellen, und ihre Mutter sperrte sie im Eifer des Zorns zur Strafe eine Nacht in der Leichenkapelle ein. Was für Gambalunga aber keine Strafe gewesen war, sondern eine Wohltat. Das hatte ihr die Angst genommen vor diesem letzten Haus, wie sie es nannte. Im Übrigen hatte ihr die Kindheit auch die Angst vor den Toten genommen. Im Gegenteil, unter bestimmten Gesichtspunkten machten ihr die Lebenden weit mehr Angst als die Toten. Die Toten hielten sich an einige wenige Regeln und blieben eigentlich immer in dem Stadium, in dem sie eben waren. Aber selbst diese so klare Sicht der kleinen Gambalunga auf die Welt sollte sich später in ihrem Leben verändern. Von einem Tag auf den anderen. Nur aufgrund einer einzigen Begegnung.

Was sie aber als Kind immer brennend interessiert hatte, war die Frage, wie jemand gestorben war. Und dann auch die Frage, wer darunter leide und wer sich freue. Da ihre Mutter sie immer wieder als kleine Gehilfin eingesetzt hatte, vertrieb sich Gambalunga die Zeit mit Beobachten: Menschen. Trauernde. Insgeheim Erfreute. Falschspieler. Traurigkeitsheischer. Sie liebte das Enttarnen durch reines Hinschauen und Zuhören. Die kleinen Flüstereien am Grabesrand zwischen den Angehörigen und Freunden war ihre Welt gewesen, von klein auf.

Als sie ihrer Mutter als Teenager dabei geholfen hatte, ihren Vater in den Sarg zu heben, legte sie ein Geständnis auf Papier gekritzelt dazu. Damit war auch diese Geschichte ein für alle Mal aus ihrem Leben verschwunden, als sie den Sarg ins Krematorium schoben.

Das kleine Mädchen, das gerade an zwei wunderschönen knorrigen Lärchen vorbeiwanderte, verstand nicht, welch eigenartige Geschichte ihr da durch den Kopf huschte. Um sie zu verscheuchen, stimmte sie ein Lied aus Kindertagen an, das ihr der Großvater, ein überzeugter Kommunist, beigebracht hatte. Es war das Partisanenlied *Bella Ciao*.

Charly Weger liebte die italienische Sprache. So wie er auch seine Italienischlehrerin von damals liebte. Beides war aber etwas, das er in dem Tal, in dem er aufgewachsen war, am besten für sich behielt. Wie lange er sie schon nicht mehr gesehen hatte, versuchte Charly gerade zu berechnen, aber er kam nicht drauf. Obwohl sie jetzt ein paar Meter vor ihm den herrlichen Weg durch die Almrosen ging. Sein Blick konnte kaum von ihrem wunderbar runden Hintern weichen. Er war so rund wie der Mond, wenn er voll ist.

Und Charly sieht ihn auch jetzt noch am Himmel. Weil er verträumt durch die Fenster der Schulklasse nach draußen sah, obwohl er eigentlich immer der Einzige war, der dem Unterricht der Italienischlehrerin folgte. Also beschloss Charly, ihr einen Beweis für sein Mittun zu liefern, und dachte angestrengt nach.

Der Mond oder Monä, wie er im Dialekt genannt wurde, strahlte am Himmel wie die Augen der wunderschönsten Maestra der Welt. Der Bub musste eine Verbindung herstellen, ihr klarmachen, wie sehr er ihren Unterricht schätzte, und rief dann durch die Klasse: „Guarda Maestra, oggi sei la mona!"

Das Gesicht der Maestra fror ein, da sie von Charly nie erwartet hätte, dass er sie Mona nannte: Affenarsch. Denn zu allem Überfluss hatte Charly nicht nur zu phonetisch übersetzt, sondern auch die unterschiedlichen Formen des Seins völlig falsch gesetzt. Was folgte, war der Rest des Schultags beim Direktor. Dann immer mehr von diesen Besuchen. Suspendierte Tage daheim. Weil das Kollegium ab diesem Zeitpunkt in allen seinen Aussagen persönliche Beleidigungen entdeckte.

Die Aufenthalte im Vorzimmer des Direktors, die als mentale Folter konzipiert waren, machten Charly nichts aus. Nur schmerzten all die Fehlstunden in Italienisch. Hätte er damals doch nur einen Brief der Entschuldigung geschrieben. Jetzt blieb ihm nur mehr, laut das Lied der Gambalunga mitzusingen. Als Akt der Versöhnung. In der Hoffnung, dass sich die Maestra irgendwann mit ihrem Lächeln zu ihm umdrehte:

> E se io muoio da partigiano
> O bella, ciao! bella, ciao! bella, ciao, ciao, ciao!
> E se io muoio da partigiano
> Tu mi devi seppellir
>
> E seppellire lassù in montagna
> O bella, ciao! bella, ciao! bella, ciao, ciao, ciao!
> E seppellire lassù in montagna
> Sotto l'ombra di un bel fior
>
> Tutte le genti che passeranno
> O bella, ciao! bella, ciao! bella, ciao, ciao, ciao!
> Tutte le genti che passeranno
> Mi diranno "Che bel fior!"
>
> E questo è il fiore del partigiano
> O bella, ciao! bella, ciao! bella, ciao, ciao, ciao!
> E questo è il fiore del partigiano
> Morto per la libertà!
>
> Цветок же этот – кровь партизана
> О, белла чао, белла чао, белла чао, чао, чао!
> Цветок же этот – кровь партизана
> Что за свободу храбро пал!

In der letzten Strophe stieg Dimitri ein, allerdings kannte er den Text nur in der russischen Version. Dafür übertönte er Charly bei Weitem. Auch weil er schon als junger Kadett in der Roten Armee im Regimentschor gesungen hatte. Und in diese Zeit zurückversetzt fühlte sich Dimitri nun auf seinem Marsch.

Es waren die Jahre, als er von der Armee in den Dienst des KGB gewechselt war. Er war voll des Tatendrangs gewesen und wollte die Welt sehen. Ideologie war für ihn wie die Kartoffelmaische nach dem Wodkabrennen. Nutzlos, hässlich und stinkend. Aber das trug er natürlich niemals zur Schau. Vielmehr war er der Klassenclown in den Ausbildungsjahren, und dieser unerschöpfliche Humor des Dimitri war auch der Grund, warum sich die schönste Agentenanwärterin in ihn verliebte. Sie erlebten in einem Monat die wunderbarste Zeit ihres Lebens. Bis zu dem Tag, als sie gemeinsam ihren ersten Einsatz hatten.

Dimitri stockte bei seinem Aufstieg. Er nahm seinen Flachmann zur Hand und zitterte wie Birkenlaub im Herbststurm. Bis eine weiche Frauenhand sich auf seine legte. Svetlana stand plötzlich vor ihm, mit ihren blauen Augen, die wie der Sommerhimmel der Tundra waren.

Sie sah dem jungen Dimitri tief in die Augen und sagte: „Ich habe dir lange schon vergeben. Du hattest keine andere Wahl. Auch ich hätte an deiner Stelle so gehandelt. Ja, und auch mein Herz hätte es dabei zerrissen."

Dimitri steckte den Flachmann weg und fuhr Svetlana mit der Hand durchs Haar und über die Wange. Dann nahm er sie in den Arm und sagte: „Komm, geh mit mir ein Stück."

Svetlana stimmte zu, unter der Bedingung, dass Dimitri endlich einen großen Stein auf die alte Geschichte lege und aufhöre, sein Glück in der Einsamkeit zu suchen.

28 In Verschüttetes

Auch bei großen Steinen ließ sich das kleine Mädchen nie aus der Ruhe bringen. Sie rief nie einen der Jungs herbei und schon gar nicht einen Erwachsenen. Sonst wäre sie später wohl auch nie die Direktorin des Archäologiemuseums geworden. Wobei das mit der Archäologie so eine Sache war.

Als das Mädchen sich kurz zur Rast unter eine alte Zirbelkiefer stellte, damit ihr Hund etwas Schatten bekam, war sie wie fast immer am Schürfen. Im Kopf. In Gedanken. Sie stellte sich dabei ihre ganzen Erinnerungen als ein Ruinenfeld vor. Sie hatte kleine Pfosten geschlagen, überall. Die Pfosten mit bunten Seilen verbunden und so unzählige Rechtecke geschaffen, auch Dreiecke. Immer wieder ging sie durch, in welchem Bereich sie noch nicht oder zu wenig, zu wenig tief oder nicht systematisch genug gesucht hatte. Darin war sie eine Meisterin. Genau wie im Verstecken.

Bereits im Kindergarten hatte sie in eine Keksdose ihrer Mutter einen geheimen Schatz ihres Großvaters gelegt und die Dose vergraben. Tief und gut vergraben. Sodass sie den Rest ihrer Kindheit danach gesucht hatte. Immer wieder. Denn der Gegenstand des Großvaters war von höchster Wichtigkeit gewesen, obwohl oder gerade weil sie den Inhalt nie gesehen hatte.

Kaum zehn Jahre alt, wünschte sie sich auch ihren ersten Hund, da sie von Spürhunden gelesen hatte, die Verschüttetes unter einer meterdicken Erdschicht riechen konnten. Ihr erster Hund starb an Fettleibigkeit, weil er zur Übung immer Mutters aktuelle Keksdose im Garten suchen musste.

Als das kleine Mädchen erwachsen wurde, war es für sie klar, dass nur das Studium der Archäologie für sie in Frage kam. Darum stand das Mädchen jetzt auch unter der alten Zirbelkiefer und musterte die Umgebung nach möglichen Ausgrabungsstellen, denn diese tiefen Almwiesen an der Baumgrenze waren beliebte Kultstätten im Altertum gewesen.

Dann stand er da. Plötzlich. Sie hatte ihn gar nicht kommen gehört. Der Großvater. Das war aber immer schon sein Markenzeichen gewesen: die lautlose Sohle.

„Griasti Pfurfile!", sagte er liebevoll zu seiner Lieblingsenkelin.

Das kleine Mädchen blickte zu ihm hoch, blinzelte gleichzeitig der Sonne entgegen und entgegnete den Gruß. Der Großvater wusste ganz genau, welches ihre erste Frage an ihn sein würde, noch bevor sie selbst sie gedacht hatte und geschweige denn aussprechen konnte. Deshalb bückte er sich zu der Kleinen und flüsterte ihr ins Ohr, was es denn gewesen sei damals, das geheime Geschenk.

Die Direktorin lachte laut auf, sodass es fast ein Echo gab, und das Lachen entschied sich, den Weg nach vorne zu schweben, dahin, wo nur mehr der Pathologe und Luh waren.

Als ihr Lachen beim Pathologen angelangt war, wurde diesem endlich klar, an wen ihn das Lachen der Direktorin erinnerte. Es war dasselbe Lachen wie jenes der Liebe seines Lebens. Der Medizinstudentin, die mit ihm die wunderbarsten Jahre erlebt hatte. Dieses Energiebündel, dem er kaum nachgekommen war. Vor allem in den Bergen war sie gerne unterwegs gewesen, bei allen Wettern und jeder Jahreszeit.

Und jetzt ging sie ihm wieder voran. Er erkannte sie sofort an ihrem stolzen Gang, der geschmeidigen Art, die Füße über kleine Hindernisse hinwegzuheben. Er wurde schneller, weil er sie einholen wollte. Aber auch ihre Schritte wurden schneller. Da er so konzentriert war, hatte er gar nicht bemerkt, dass sie mittlerweile in einer Schneelandschaft weiter oben am Gletscher unterwegs waren.

Ein starker Wind zog auf und die Sicht verschlechterte sich schlagartig. Im Nebel konnte er nur mehr das Seil erkennen, das ihn mit der Frau seines Lebens verband. Ein kalter Schauer zog seinen Rücken hoch, denn er hörte wieder diesen Schrei. Und wieder schnellte das Seil leer zu ihm zurück. Da war er wieder, dieser unauslöschliche Moment des Erstarrens.

Aber diesmal wollte er nicht dastehen, eine Ewigkeit, wie damals. Nein, er rannte nach vorne und sah ihre Spur, die in einer Gletscherspalte endete. Er ging weiter. Immer weiter. Bis auch ihn die Spalte schluckte.

Schnee folgte ihm nach. Unmengen von Schnee. Es war dunkel. Er hörte nur ihr Wimmern. Bis es ihm gelang, eine Taschenlampe aus seinem Anorak zu ziehen. Und da lag sie, eingekeilt zwischen zwei riesigen Eispranken, die sie zu halten und zugleich zu verschlingen drohten.

Er rief ihren Namen. Sie reagierte nicht. Also begann er, näher an sie heranzukriechen, kam aber nur ganz langsam, Zentimeter für Zentimeter weiter. Während sie sich aufrichtete in eine Art Hocke und ihn ansah.

„Mir ist nicht kalt. Mach dir keine Sorgen."

Der Student der Medizin machte sich natürlich Sorgen und fragte sie, ob sie Schmerzen habe und wo sie Schmerzen habe, ob sie es schaffe, nach oben zu gelangen, dann könnten sie den Abstieg zur Hütte schaffen, ganz sicher …

„Nein, ich habe keine Schmerzen. Du weißt doch, dass es mir in den Bergen gut geht. Und wenn ich eines Tages gehen muss, dann bitte in meinen Bergen."

„Aber nein", sagte er, „es ist zu kalt hier, und ein Erfrierungstod ist kein schöner Tod, glaub mir, wir müssen raus, raus hier!" Und dann sah er noch einmal ihr wunderschönes Lächeln, das sie immer nur für ihn gehabt hatte. Er genoss es aber nur für einen ganz kurzen Moment, um dann seinen Fieberwahn fortzuführen: „Niemand darf vom Eis getötet werden. Gefrorene Zellen sind nicht irreversibel kaputt, man kann sie wieder aktivieren, ich weiß das. Kälte kann Leben konservieren, es ist nicht der endgültige Tod. Ganz bestimmt. Ich kann dich zurückholen!"

„Ja, du hast mich bereits zurückgeholt", die Stimme hielt ihn fest im Arm, „aber nimm endlich Abschied von ihr, sie hat es sich verdient."

Der Pathologe öffnete die Augen und sah Luh, der ihn hielt, während er auf den Knien kauerte. Sein Kopf wollte ein Nein schütteln, aber sein Blick blieb in den Pupillen des Eismannes hängen, und in seiner Iris zog es ihn hinein in das Gesicht seiner Geliebten. Es war der Abschied, den er sich all die Jahrzehnte gewünscht hatte.

Luh umarmte den Pathologen fest und sagte: „Auch ich habe Frau im Schnee zurücklassen müssen."

Teil 5:

Konsequenzen

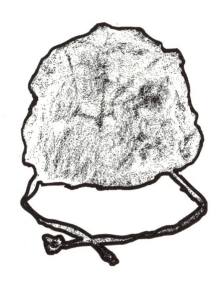

29 In Geflutetes

Der Pathologe und Luh setzten sich gemeinsam auf einen großen Stein und warteten auf die anderen. Sie kamen einer nach dem anderen verändert am Rastplatz an. So als hätten sie Frieden mit sich und der Welt geschlossen. Alle waren unglaublich gelöst und entspannt. Sie umarmten instinktiv den Eismann und setzten sich dann an seine Seite. Die Freunde genossen den Blick über die Berge und Täler und den Flow, in dem sie alle waren. Es dauerte auch nicht lange, bis sie anfingen, Pläne zu schmieden, wie man denn nun der Welt einen Spiegel vorhalten könne, um ihr zu beweisen, wie falsch und pervers man umgehe mit dem einzigartigen Geschenk aus dem Neolithikum an den heutigen Menschen.

„Der Welt etwas klarzumachen, geht auf keinen Fall über die Medien", sagte der Journalist.

„Gewalt ist auch keine Losung", seufzte Dimitri.

„Nicht mit allem Geld der Welt kann man die Welt verändern", sagte der Brite.

„Die Wissenschaft hat auch keinen Hebel dazu", meinte der Pathologe.

„Das hat sich schon in der Geschichte gezeigt", pflichtete die Direktorin bei.

„Wir müssten schon alle Gesetze von Grund auf neu schreiben", meinte Gambalunga.

Pirmin sagte daraufhin: „Angefangen bei der Bibel."

„Oder den zehn Geboten!", ergänzte Charly Weger, um dann aufzuspringen und mit voller Inbrunst vorzuschlagen: „Das ist es, Luh! Gib uns deine neuen zehn Gebote und wir meißeln sie heute noch hier in den Stein und bringen sie runter zu den Menschen!"

Luh lachte kurz laut auf, erhob sich ebenfalls und ging zu Charly, dem er seine Hand auf die Schulter legte: „Charly, Charly, nein. Diesen Weg hatten wir schon. Das war ein völliger Irrweg. Gerade du solltest dich am besten erinnern an das zweite Buch des Luh."

Dann drehte sich Luh von Charly weg, wieder dem atemberaubenden Panorama zu, und sagte: „Es ist gut so! Wir sind bald am Ursprung. Eine Nacht noch und dann sind wir da. Dann werdet auch ihr alles verstehen." Luh begann zu tanzen, ganz vorne am Rand der Hochweide, die von einer steilen Felswand gestützt wurde. Zunächst schauten die Freunde ihm nur zu und waren fasziniert von seinen Verrenkungen, bis Charly Weger sich aufmachte, um mitzutanzen. Es folgten Gambalunga, der Brite, Dimitri und dann die schüchterne Abteilung: der Pathologe, die Direktorin und als Schlusslicht noch der Journalist.

Nach einer Weile nahm Dimitri seinen Edelstahlflachmann aus der Brusttasche, küsste ihn und warf ihn in hohem Bogen die Felswand hinunter. Mit einem lauten Lachen schaute er dem Flug des Flachmanns nach, der zweimal kurz einen Sonnenstrahl reflektierte, als würde er sich per Augenzwinkern verabschieden.

Der Pathologe griff dem Russen an den Oberarm: „Bist du wahnsinnig? Da ist ja die Laboranordnung drauf eingeritzt!"

Dimitri hörte nicht auf zu lachen und sagte nur: „Genau deshalb ist geflogen. Wäre nie verruckt genug, um Wodka zu schmeißen weg."

Dann tanzte Luh zu ihm heran und umarmte den Russen inniglich. Worauf dieser zu seinem Rucksack marschierte und eine Doppelliterflasche Wodka hervorkramte, einen großen Schluck nahm und sie den anderen weiterreichte.

Sie tanzten lange weiter, bis Dimitri müde wurde und nicht mehr konnte. So setzten sich alle der Reihe nach wieder auf den Stein, und Luh legte sich ins Gras. Er schaute in den Himmel und schlug vor, an dieser Stelle das Nachtlager aufzuschlagen.

„Die Sterne stehen hier in einem gleichschenkligen Dreieck!"

Wieder lachten alle ausgelassen und stimmten Luhs Plan zu.

Dimitri und Pirmin beschlossen, etwas weiter runter in den Wald zu gehen, um Holz für ein Lagerfeuer zu holen. Luh lud Charly ein, mit ihm Kräuter zu sammeln, um etwas Ursuppe zu kochen.

Später am Lagerfeuer, als es dunkel war und alle in Gedanken ihren Tag Revue passieren ließen, wollte Dimitri von Luh wissen, wie er es geschafft habe, in den vergangenen Stunden alle so tief in ihre Erinnerungen zu schicken.

Es wurde still am Feuer, alle warteten gespannt auf Luhs Antwort.

„Substanzen, lieber Dimitri, Substanzen!", sagte der Mann aus dem Eis sehr konzentriert.

„Oh, welche denn?", hakte Dimitri nach.

„Erinnerungskraut", antwortete der Eismann gepaart mit Achselzucken.

„Aber das hätte alles nichts genützt, wenn ihr nicht bereit gewesen wärt. Ihr wolltet euch erinnern. Ihr geht mit mir den Weg zurück, und das ist nicht nur mein Weg. Auch wenn man einen Weg gemeinsam geht, so muss ihn doch jeder für sich allein gehen. Das ist ja keine Mathematik, die eine lange Strecke einfach durch neun teilen kann. Nein, das ist einfach Gehen. Schritt für Schritt. Zu Fuß. Und in euren Füßen ist die Wurzel eures Kopfes. Eures Gehirns. Aber Erinnerungen sind im ganzen Körper gespeichert. Nie nur in wenigen Hirnzellen. Wir wären arme Geschöpfe, wenn es so wäre. Aber glaubt mir, das wart ihr alles selber. Kein Kraut allein besitzt diese Macht."

„Wie weit zurück werden wir gehen?", fragte der Pathologe mit einem leichten Schauer im Nacken.

„So weit wie nötig", antwortete der Eismann und blickte dem Pathologen mit einem tröstenden Blick an.

30 Eiskaltes Wasser

Der nächste Morgen läutete einen Tag ein, den man nur in den Bergen südlich des Alpenhauptkammes erleben kann. Ein Himmel, der die Farbe Blau neu definierte und Luft in die Lungen brachte, für die die inneren Flügel geschaffen waren. Der Morgen wäre perfekt gewesen, hätte dem Briten nicht das Murmeltierfleisch so auf den Magen geschlagen und gigantische Blähungen erzeugt.

Luh und Charly hatten das Tier als Alternative am Lagerfeuer am Spieß gegrillt, da ihr kleines Marschgepäck natürlich keinen Suppentopf vorgesehen hatte. Der Eismann hatte bei dieser Gelegenheit Charly gezeigt, wie man mit einem einfachen Trick ein Murmeltier fing. Charly war auch auf Anhieb sehr erfolgreich. Und nachdem Luh sich bei dem Tier entschuldigt hatte, dass man es töten habe müssen, bereiteten die zwei ein wirklich leckeres Abendessen zu.

Dimitri spendierte dem Briten eine ordentliche Portion Wodka, und der Marsch konnte so endlich weitergehen. Die Richtung gab wie in den letzten Tagen auch der Eismann vor, der sich an seine innere Kompassnadel hielt. Je näher er einem Ort der Erinnerung kam, desto klarer wurde das Bild von ihm.

Luh suchte ein Hochtal mit einem Bergsee. Denn er wusste, dass sein Pah und seine Mah dort ihren Liebesakt erlebt hatten, der Leben zeugte. Eine der ersten Empfindungen des Frühwesens Luh war nämlich Wasser gewesen, eiskaltes Wasser.

Der Eismann wechselte an diesem Vormittag ein paarmal die Richtung, seine Gruppe folgte ihm, ohne auch nur einen Moment des Zweifelns an ihrem Führer. Hin und wieder gab es trotzdem kleinere und größere Diskussionen über den weiteren Verlauf der Reise. Denn unter den Teilnehmern der Wanderung waren einige, die sich darüber Gedanken machten, wo in die Zivilisation sie zurückkehren sollten, nachdem Luh seinen Ort gefunden hatte.

Pirmin traute sich nicht mehr ans Handy zu gehen, wenn es läutete und *Franziskus 0* anzeigte. Er hatte schon seit Stunden über eine mögliche Entschuldigung oder gar Ausrede für seine letzte Nachricht nachgedacht und es fiel ihm keine ein. Ansonsten wäre es für ihn sonnenklar gewesen, irgendwann per Satellitenhandy die Position durchzugeben, dann könnte Ihre Heiligkeit ein oder zwei Helikopter schicken, um den Heimflug in den Vatikan zu absolvieren. Bei dem Gedanken wurde es dem Mann, den bisher noch nie etwas aus der Bahn und schon gar nicht aus der Umlaufbahn Gottes gerissen hatte, eiskalt und heiß zugleich.

Am allerheißesten empfand er das Handy in seiner Hand. Deshalb beschloss er kurzerhand, es in den reißenden Gebirgsbach, den sie gerade überquerten, flutschen zu lassen. Die Aktion war auch deshalb so einfach für Pirmin, weil das Rauschen des Baches so laut war, dass er eine mögliche Stimme des Herrn mit irgendwelchen Einwänden einfach nicht hören konnte.

„Selber schuld", dachte Pirmin, „wenn er so laute natürliche Lärmquellen erschaffen hat."

Ab diesem Moment ließ auch der Schweizer Chef des Vatikangeheimdienstes alle Pläne fallen und ließ sich gehen. Genauer gesagt: Er ließ sich ein auf ein Gehen mit Luh.

Der Pathologe machte sich noch Gedanken über die nächsten Tage – und zwar mit der Direktorin in einer für beide angenehmen Art und Weise. Dabei ging es weniger um die Zukunft des Mannes aus dem Eis, für den sie ein unendlich zuversichtliches Gefühl hatten, dass alles seinen rechten Lauf nehmen würde.

Aber für den Pathologen selbst war es schon eigenartig. Die letzten Tage und Stunden hatten ihm so viel klargemacht über sich und sein Leben. Und davon, spürte er jetzt plötzlich, war noch jede Menge übrig. Zeit, die er nur mit den richtigen Menschen verbringen mochte. Ja, schon allein die Tatsache, dass er daran dachte, die Zeit mit anderen zu verbringen, war für den eigenbrötlerischen Einsiedler schon ein Riesenschritt.

Das merkte die Direktorin an mit einem neckischen Grinsen, das aber jede Menge Freude darüber in sich trug. Sie selbst dachte laut über den fehlenden Sinn einer Rückkehr in das Museum nach. Zum einen müsse der Großteil der Ur- und Frühgeschichte neu geschrieben werden, zum anderen müsste man das gesamte Konzept der Ausstellung und Aufbereitung des Lebens der Menschen aus dem Neolithikum komplett überarbeiten. Dazu bräuchte man natürlich einen wissenschaftlichen Berater vom Schlag eines Luh. Der ja grundsätzlich als ehemalige Gletscherleiche bestens dafür geeignet wäre, allerdings kein bisschen den Anschein erweckte, als ob ihn ein solcher Job interessieren würde.

Und während die Direktorin diesen Diskurs ihren Mitwanderern unterbreitete, begann sie zu lachen, und allesamt steigerten sich gemeinsam in einen Chor der Heiterkeit. In den auch Luh einstimmte, da er in diesem Moment den Bergsee entdeckte, den er schon seit Stunden gesucht hatte.

Er drehte sich zu den anderen um und schrie laut: „Wuah Brr!"

Dann rannte er die paar Hundert Meter zum See hinunter und zog sich im Laufen seine Kleider und Schuhe aus. Dabei fiel er mehrmals auf das moorige Hochgras. Einmal machte er sogar einen ungewollten Purzelbaum, über den er sich so sehr amüsierte, dass er nicht mehr geradeaus laufen konnte.

Hinter ihm her lief Valeria Gambalunga, die ehemals leitende Kommissarin der Staatspolizei in der Provinz Bozen, was hier in diesem Hochtal aber gleich viel Bedeutung hatte wie ihr ehemals schüchternes und schamhaftes Verhalten. Auch sie war in kürzester Zeit splitternackt und johlte vor Freude. Genauso wie Charly Weger, der am See seine berühmte Arschbombe absolvierte. Allerdings fand er in dem mittlerweile ebenso splitternackten Briten seinen Meister. Dessen Aufprall erzeugte eine so starke Detonationswelle, wie sie die zusehenden Murmeltiere am Südhang gegenüber noch nie gesehen hatten. Nicht einmal, wenn im Frühling eines schneereichen Winters die letzte Lawine in den schmelzwassergefluteten See donnerte.

Dimitri tauchte kopfüber in die Wellen des Briten und johlte etwas in Mat. Pirmin Wüthrich zeigte sein Geschlecht das erste Mal seit seinem Maturaausflug anderen Menschen und freute sich darüber mehr, als sich der WWF 2014 über die Wiederansiedlung der Wisente in den Südkarpaten nach 200 Jahren freute.

Kein bisschen schüchtern sprangen händchenhaltend der Pathologe und die Direktorin, so wie Gott sie schuf, in das eiskalte Wasser. Und der Journalist wollte zu guter Letzt alle mit einem doppelten Salto beeindrucken, berücksichtigte aber in seinem Anlauf nicht die landwirtschaftliche Nutzung der Hochalm, die den See umschloss. Nebst den aktuellen Badegästen war diese Hochalm nahezu ausschließlich von Kühen besucht. Nun fanden diese Tiere hier wunderbare Almkräuter, mussten aber trotzdem rund 45 Kilogramm davon zu sich nehmen. Dafür legten sie lange Wege zurück. Die sie wiederum, im Sinne eines natürlichen Kreislaufes, mit den unverwerteten Resten der Kräuter düngten. Die sogenannten Kuhfladen hatten in einem relativ frischen Deponierungszustand eine eher glitschige Konsistenz. Die war es dann auch, die dem Journalisten seine glanzvolle Nummer versaute. Und bei unseren so entspannten Freunden war die Schadenfreude eine der größten.

Trotz der sparsamen Wassertemperatur von nur zwei Grad Celsius hielten unsere Freunde es eine angenehme Weile in dem See aus. Am längsten natürlich Luh.

Und während alle anderen schon wieder ihre Kleider eingesammelt hatten und sich anzogen, genoss Luh die Temperatur, als sei es ein stilles Heimkommen. Bis Gambalunga sich langsam Sorgen machte und zu ihm an den Rand des Sees kam.

Der Eismann wandte sich zu ihr: „Hier werden wir unser Nachtlager aufschlagen. Sag das den anderen."

Kurz nachdem Luh aus dem Wasser gekommen und wieder angekleidet war, musste er noch ganz sichergehen, dass die Stelle wirklich die seines Ursprungs war. Dazu lief er den gegenüberliegenden Hang hinauf. Den Hang querte einer jener nummerierten und kartografierten Pfade samt einer Wandergruppe auf ihrer mehrtägigen Qigong-Hüttenwanderung. Die Luh aber kaum beachtete und sich am Wegesrand auf einen auffälligen Stein setzte, weil er von dort den besten und umfassendsten Blick auf das Hochtal mit seinem See hatte.

Nur die Letzte der Wandergruppe, die an dem Eismann noch vorbei musste, erhaschte einen Blick von ihm. Die Frau erwiderte seinen Blick mit ihren grünblauen Augen, und von dem Tag an konnte sie an keinem Bergsee mehr vorbeigehen, ohne nicht in ihm kurz geschwommen zu sein. Diese Liebe zum eiskalten Wasser blieb ihr ihr ganzes Leben lang. Und im Süden Südtirols gibt es seither immer mehr Menschen, die auch im tiefsten Winter in den Seen des Überetscher Hochplateaus schwimmen. Luhs Botschaft war nonverbal viral.

Über diese Konsequenz konnte Luh allerdings nur schmunzeln, da ihn gerade das Gefühl der Gewissheit übermannte. Er war am richtigen Ort angekommen.

31 Geschenk an die Heutlinge

Der Sonnenuntergang spielte an diesem Tag alle Stücke, die orangefarbenen Himmeln kurz vor ganz dunkel möglich sind.

Charly fand das stimmig mit dem Abendessen am See, der zudem der magischste Ort seit 5.300 Jahren war, wie nun auch Luhs Begleitern klar wurde. Trotzdem waren alle aufgrund des langen Weges ziemlich müde an diesem Abend und legten sich früh zu Bett.

Durch eine wunderbare Fügung des Universums befand sich nur ein paar Hundert Meter vom See entfernt einer dieser Heuschober. Das waren einfache Hütten, in denen der Grasschnitt der Almwiesen als Heu sein Dasein fristete. Das Heu war dort normalerweise unter sich, lag in dieser Nacht aber unter den Freunden. Allerdings waren sie am Morgen, als Dimitri aufgrund seiner nahenden senilen Bettflucht vor Sonnenaufgang den Schober verließ, immer noch unvollständig.

Der Russe entschloss sich intuitiv, hinunter zum See zu gehen, wo er am Ufer Luh und Gambalunga fand, wie sie dort saßen mit ihrem Kopf im Nacken und einem unbeschreiblichen Lächeln im Gesicht. Dimitri blieb in etwas Abstand stehen und freute sich über den Anblick. Er genoss ihn so lange, bis alle der Reihe nach aus dem Schober kamen und sich zu Dimitri aufmachten. Alle blieben an seiner Seite stehen und empfanden dieselbe Freude wie der Russe.

Als Luh und seine Valeria fertig waren mit dem Lächeln und alle anderen mit dem Staunen, rief der Eismann alle zu sich und lud sie ein, sich um den Stein zu versammeln. Er habe sich nämlich einige Sachen überlegt.

Dann redete der Mann aus dem Eis fünf Stunden lang über das Leben auf diesem Planeten und wie es aus seiner Sicht besser zu organisieren wäre. Dabei erklärte er seinen Freunden, dass er nicht verstehe, wieso alles so geregelt sei in dieser neuen Zeit, da er es doch gewohnt sei, dass die Dinge sich von selber regelten, vor allem wenn man sie so mache, wie es sich gehöre.

„Wie gehört es sich denn?", fragte Charly, und der Journalist warf ein, dass „sich gehöre" ja auch nur bedeute, dass es einen kollektiven Konsens darüber gebe, wie etwas gemacht werden solle, und das sei zwar eine informelle Regel, aber immerhin eine Regel.

Luh gab beiden recht und beschwerte sich dann in ausführlicher Form über die Tatsache, dass allein schon die heutige Sprache viel zu reglementiert sei, aber für ganz viele Gedanken nicht die richtigen Worte habe. „Die heutigen Sprachen sind zu sehr dominiert, aus einer Zeit, in der es weder die Freiheiten meiner Zeit noch jene der heutigen gibt. Sie stammen alle in ihrem Regelwerk und zum Großteil auch im Wortschatz aus einer Zeit, in denen es noch große gesellschaftliche Unterschiede gab: Herren und Bedienstete, Adel und einfaches Volk."

Aber dann führte er auch aus, dass es früher in mancher Hinsicht besser gewesen sei. Außer vielleicht bei den Süßspeisen, die damals aufgrund der Honiglastigkeit etwas einseitig gewesen seien. Im Anschluss an den kleinen Exkurs, der eigentlich nur eine Huldigung des Schokoladenaufstrich war, versuchte Luh den Freunden ein paar einfache Grundprinzipien des Umgangs der Menschen miteinander zu erklären.

Konflikt zahle sich nur aus, wenn einer der beiden Konfliktpartner schließlich recht bekomme und der unterlegene Partner sich darüber freuen könne. „Wenn ihr diese Regel beherzigt, dann wird es nie mehr irgendwelche Probleme geben!"

Nach einer längeren Atempause wechselte der Mann aus dem Eis zu einem Thema, das ihn seit seinem Hiersein in diesem Zeitabschnitt des Planeten beschäftigte – und das war die Flucht. Er war seit seinem Erwachen praktisch andauernd auf der Flucht. „Und ihr wart es mit mir. Vor euch selbst, vor den anderen, vor irgendetwas! Akzeptiert es, und es ist kein Flüchten mehr, sondern ein Fluss. Der Fluss des Lebens. Es gab Zeiten auf dieser Welt, in der man zur Flucht *vluht* gesagt hat. Seht ihr, dass darin mein Name steckt? Das Wort für Licht, Erleuchtung. Ich war in meinem ersten Leben ein Erleuchteter. Auch wenn ich jetzt weiß, dass ich praktisch gar nichts wusste. Und ihr, die ihr jetzt so vieles in eure Bücher geschrieben habt: über diesen Planeten und alle Zeiten vor euch. Ihr habt Angst heute vor Menschen, die ihren Weg des Lichts gehen. Die aus der Dunkelheit ins Licht wollen. So wie wir alle ihn einst gegangen sind."

„Genau!", warf Charly Weger ein. „Wir sind alle Afrikaner. Das hier, worauf wir stehen, ist die afrikanische Platte, die geht bis zum Brenner. Alle, die jetzt zu uns kommen, kommen eigentlich heim!"

Luh lächelte milde, um Charly dann zu sagen, dass dies aber neue Kategorisierungen seien, die der Sache nicht gerecht werden. „Ihr müsst die Kraft haben, den Fluss des Lebens zuzulassen. Überall. Und dann zeigt sich auch der richtige Weg. Und wenn ihr einmal nicht weiterwisst: Geht baden im eiskalten Wasser eines Sees. Das richtet euren Gedankenfluss wieder ein und stimuliert eure Gehirnwurzeln in den Füßen. Aber ganz wichtig: Geht nachher ordentlich frühstücken."

Daraufhin meinte Luh, aber auch der Brite, dass es höchste Zeit wäre für ein ausgiebiges Frühstück. Da es noch Reste des klösterlichen Proviantes gab, machten sich die Freunde darüber her.

32 Der Abschied

Bereits gegen Ende des Frühstücks waren alle gespannt, wie der Tag weitergehen solle. Was würde nach dem Auffinden des Ursprungs kommen? Wo wollte Luh jetzt noch hin? Diese Fragen beschäftigten alle und ließen sie auch relativ leise die Sachen zusammenpacken in gespannter, aber doch freudiger Erwartung.

Luh hingegen wirkte abwesend. Erst als alle bereit waren für den Abmarsch und sich reihum aufstellten, realisierte er ihre Erwartungen, die sie an ihn hatten.

Der Mann aus dem Eis senkte seinen Kopf und betrachtete seine Füße, die an diesem Tag ohne Schuhe waren. Er hatte bewusst keine angezogen, weil er nun auf dem nächsten Stück des Weges sehr viel zu denken und zu spüren hatte. Und ähnlich seinem getrübten Blick hatte sich das Wetter an diesem Tag verschlechtert. Dichte Wolken hingen über den Bergen, Nebelschwaden zogen, von einem kalten Wind gepeitscht, über die Hänge. Der Eismann ließ sich aber nicht abbringen von seinem Weg, den er entschlossen nach oben ging. Weit nach oben. Auch in einem Tempo, das es den Gefährten nicht leicht machte, ihm zu folgen.

Nach einer guten Stunde erreichten sie eine Höhe, wo der Berg die tiefen Wolken berührte. Dort stellte sich Luh auf einen kleinen Vorsprung und wartete auf die anderen.

Allmählich kamen sie keuchend und erschöpft an. Luh wartete geduldig, bis auch der Brite als Letzter im Tross den Rastplatz erreicht hatte. Dann nahm er Gambalunga in den Arm und sagte zu ihr etwas in seiner Sprache. Er drehte sich zum Pathologen und umarmte ihn mit denselben Worten. Dann war Dimitri dran, dann Charly, die Direktorin, der Journalist, dann der Brite und schließlich Pirmin.

Gambalunga fing an zu zittern, weil der Moment plötzlich etwas von einem Abschied hatte. Sie suchte permanent den Blick von Luh, der aber seinen Kopf nahezu dauernd gesenkt hatte. Sie griff an seinen Oberarm und drückte ihn, um eine Reaktion zu bekommen. Es gab aber keine. Die tiefen Wolken um sie herum wurden immer dichter, weil sie von einer großen Nebelschwade genährt wurden.

Der Eismann begann sich seiner Kleider zu entledigen und stellte sich nackt vor die anderen hin. Gambalunga wurde noch nervöser, also stellte sie sich zwischen Luh und den Abgrund und gab Charly ein Zeichen, auf ihre Seite zu kommen.

Charly tat wie wünscht, nahm den Pathologen an die Hand und führte ihn mit. Nun stellten sich auch die anderen auf diese Seite, um Luh vom Abgrund zu trennen. Dessen Blick blieb leer.

Nun war es der Pathologe, der ihm seine Unsicherheit mitteilte: „Du hast uns gesagt, wir würden alles verstehen, wenn wir einmal bis zum Ursprung gekommen wären. Wir verstehen nun aber gar nichts mehr."

„Siehst du", sagte der Eismann, „du hast eine Frage und gibst dir die Antwort selber. Das zeugt doch von maximalem Verstehen!"

„Was geschieht jetzt?", Gambalunga wurde nervös.

„Das Leben fließt weiter, so wie es das immer tut. Wenn irgendwo ein Stein im Weg liegt, fließt es an ihm vorbei. Schaut hinunter auf den Bach dort. Das ist das Leben."

Charly drehte sich als erster Richtung Abhang. Der Nebel war mittlerweile aber so dicht, dass er nur einige Meter sehen konnte: „Das ist jetzt ein Scheißmoment, um Aussichten zu genießen."

„Weil du nur an diesen Moment denkst, weil du nur ihn lebst, lieber Charly. Der Bach und all die Steine dort wissen nichts von den Momenten. Weil sie nichts von der Zeit wissen. Befreit euch von der Zeit!", sagte Luh, ohne seinen Blick von Charly zu nehmen.

Der Brite nahm seine teure Armbanduhr, murmelte so etwas wie „good quote" und warf sie in hohem Bogen in den Nebel.

Pirmin schaute ihn entgeistert an, worauf der Brite achselzuckend sagte: „It feels good." Was schließlich doch die uneingeschränkte Zustimmung des Schweizers auslöste, was für einen Mann dieser Provenienz und deren Umgang mit Zeit und Uhren eine wahrlich meisterliche Befreiung darstellte.

Nun war es die Direktorin, die von Luh aufgefordert wurde, den Fluss des Lebens zu akzeptieren, der ihn hierher in diese Zeit gebracht hatte, und auch das müsse man akzeptieren. Nicht nur das, man müsse daraus auch das Beste machen. Und aus ihrer Sicht sei es das Beste, wenn er ihnen noch ganz viel von den alten Weisheiten lehre, die schon in Vergessenheit geraten sind. Das wäre wunderbar, dann hätte genau dieser verrückte Fluss des Lebens, seines zweiten Lebens, einen Sinn gehabt.

„Drittes Leben", warf Charly korrigierend ein.

Luh schüttelte ganz weich den Kopf: „Sinn? Ihr sucht immer nach dem Sinn. Das ist auch wieder so eine Maßeinheit, die ihr für alles anwendet. Das macht aber keinen Sinn."

Den gemeinsamen Moment der Verblüffung über das Paradoxon des eben Gesagten nutzte der Eismann aus, um aus einem Buch zu dozieren, das er mit höchstem Genuss in der Klosterbibliothek, bei seinem ersten Untertauchen nach dem Eintauchen in das dritte Leben, gelesen hatte. Darin ging es um das Schiff des Theseus, der mit den Jünglingen losgesegelt und schließlich sicher zurückgekehrt war. Das Schiff war eine Galeere mit 30 Rudern. Es war von den Athenern bis zur Zeit des Demetrios Phaleros aufbewahrt worden. Mit der Zeit waren einige Planken verwittert und nicht mehr intakt. Die morschen Bretter wurden also jeweils durch neue ausgetauscht. Das Schiff wurde daher für die Philosophen zu einer ständigen Veranschaulichung der Streitfrage der Weiterentwicklung. Für die einen war das Boot nach wie vor dasselbe geblieben, für die anderen hingegen war es nicht mehr dasselbe.

„Und beide haben recht. Das ist das Schöne an diesen Paradoxien."

Der Tag wurde noch kälter in diesem Moment, und die Freunde rückten weiter zusammen. Nur Luh blieb an seiner Position ihnen gegenüber stehen und wurde noch mal ernster, als er es schon die ganze Zeit über war. Der Nebel wurde zusehends dichter. Der Abstand zwischen Luh und seinen Freunden ließ gerade noch seine Gestalt erkennen. Dahinter war eine dichte grauweiße Wand.

Die Gefährten begannen vor Kälte zu zittern. Bei Gambalunga kam noch Angstzittern dazu. Charly hielt sie fest im Arm, um sie zu beruhigen. Aber auch er selbst begann immer mehr die Kälte zu spüren, so als schleiche sie sich von der Haut direkt in die Knochen, die sie in alle Teile des Körpers leiteten.

Luh bekam einen eisigen Blick, er starrte geradeaus, obwohl man das Gefühl hatte, seine Augen schauten in ihn hinein. Dann begann er ganz leise zu sprechen: „Ihr müsst mir verzeihen, reba hci ssum kcüruz. Hci nnak thcin retiew ieb hcue nebielb, sad edrüw eid Tlew, eniem Tlew uz rhes nrednärev."

Gambalunga brüllte ein Weinen.

Luh sprach ohne Unterlass weiter: „Ihr müsst nicht traurig sein. Riw nettah enie enöhcsrednuw Tiez. Dnamein reßua snu driw nehetsrev, muraw eseid Tiez os nöhcs raw. Reba tssal hcim tztej neheg. Se ssum os neis."

Alle blickten sich an und verstanden kein Wort. Nur Charly nahm seinen Rucksack ab und kramte darin. Bis er ein Glas Schokoaufstrich fand und ihn Luh entgegenstreckte. Die Hand des Eismannes griff danach und ein Lächeln erfüllte sein Gesicht, in das alle ein letztes Mal blickten.

„Thcam se tug, hci ebeil hcue ella!"

Dann ging Luh rückwärts in den Nebel, bis nichts mehr von ihm zu sehen war.

Gambalunga schrie ein langes „Nein!!!".

Während alle anderen erstarrt in den Nebel blickten, liefen Dimitri und Pirmin in Ötzis Richtung. Der Nebel war aber so dicht, dass man kaum die Hand vor Augen sah.

Plötzlich schrie Dimitri: „Ich habe ihn!"

Auch Pirmin schrie wie am Spieß.

Als Dimitri zu den anderen kam mit Ötzi im Arm, merkten alle, dass Dimitri im Nebel Pirmin gefangen hatte.

33 Die Korrektur der Geschichte

„O gar brah ne sii", sagte Luh und begann zu lachen. Er warf noch ein Stück Holz in das große Lagerfeuer. Dessen Funken sprühten wie das Lachen des Luh, der seinen Freunden am großen Feuer den verrücktesten Traum erzählte, den er je gehabt hatte.

„Ihr müsst euch vorstellen, die Menschen im Überüberübermorgen werden so etwas wie einen Rettungsdienst für die Berge haben! Das sind praktisch erfahrene Jäger der Berge, die andere Unerfahrene aus den Bergen zurückholen!"

Wieder lachten alle Männer. Nur Pi Ha, die einzige Frau am Feuer, machte eine Bemerkung, von wegen sie fände das schon sehr praktisch. Kru und die anderen rollten die Augen nach hinten.

Luh führte seine Erzählung fort mit der Schilderung, wie seine Gefährten seines langen Traumes dann von diesem Bergrettungsdienst gefunden wurden, weil sie stundenlang im Nebel nach einem Ötzi gerufen hätten.

„Verrückte Geschichte", sagte Luh nach drei Tagen und drei Nächten, in denen er ununterbrochen durcherzählt hatte, was dank Ursuppe möglich gewesen war. Dann stand er auf und sagte, dass er sich zum Schlafen legen werde.

Luh ging in seine Hütte, welche die zentralste im Dorf war und auch relativ nahe am großen Feuer. Einem Luh An stand das zu. We Gar, der angestrengt versucht hatte, sich jedes Detail von Luhs Geschichte zu merken, verabschiedete sich ebenfalls von den Männern am Feuer. Er wollte die Erzählung des Luh unbedingt auf eine Grafitsteinplatte ritzen, weil er überzeugt war, dass man diese Geschichte irgendwann den Menschen weitererzählen müsse. Und da er eher einer von der vergesslichen Sorte war, ging We Gar lieber auf Nummer sicher, sagte aber niemandem etwas davon.

Kaum dass die beiden die Gruppe verlassen hatten und in ihren Hütten verschwunden waren, steckten Kru und seine engsten Gefährten die Köpfe zusammen und tuschelten angeregt. Aus ihrer Sicht war es höchst gefährlich, wenn ein Luh An, der geistige Führer des Dorfes, solche Geschichten erschuf. Denn man wusste doch: Wenn sie in die Welt gesetzt würden, würden sie früher oder später genau so geschehen. Und alle Männer waren sich einig, dass die Welt niemals so werden dürfe, wie Luh An sie ersonnen hatte. Es herrschte allerdings Ratlosigkeit über die Frage, was denn nun zu tun sei.

Nur Kru schien eine Antwort zu haben. Allerdings gefiel diese den meisten nicht. Immer wieder gab es Einwände, dass die Geschichte ohnehin viel zu verrückt sei. Allein die Art sich fortzubewegen. Dazu müsste man tief im Boden nach einer Flüssigkeit suchen, die man dann verwandeln und diesen Maschinen, wie Luh sie nannte, einflößen müsste. Und wenn diese Flüssigkeit verbrannt werden würde, wäre das auch noch sehr laut und würde stinken. Und das nur, um etwas schneller im Sitzen vorwärts zu kommen.

„Wer gleich losgeht, ist ganz sicher früher dort", meinte einer der Skeptiker und bezweifelte, dass die Männer in der neuen Zeit so dumm sein würden.

Kru stand auf und stampfe mit einem Fuß ins Feuer, sodass es zischte und Funken sprühte, die in seinen Bart eine stinkende Schneise brannten.

„Nein!", schrie Kru. „Das muss verhindert werden!"

Es wurde still am Lagerfeuer. Niemand traute sich mehr, einen Widerspruch zu äußern.

Kru schickte alle schlafen und sagte ihnen, dass morgen der Tag gekommen sei.

Am nächsten Morgen trat Luh vor seine Hütte und grüßte wie immer den Himmel. Dieser Morgen aber hatte etwas Eigenartiges an sich. Denn im Dorf wehte ein Luftzug, den Luh nicht zu deuten wusste. Auch aus diesem Grunde entschied er sich nach den Tup, den Schafen oben auf den Hochweiden, zu sehen.

Luh packte seine Sachen und nahm alle seine Waffen mit, aber auch Proviant, weil er nicht wusste, wie lange der Ausflug in Anspruch nehmen würde.

Kru war noch in der Nacht auf die Hochweide hinaufgestiegen, um die Schafe zu versprengen, weil er wusste, dass Luh am nächsten Tag nach ihnen sehen werde.

Als Luh das Dorf Richtung Hochweiden verlassen hatte, folgten ihm in etwas Abstand drei Männer.

Unterwegs dachte Luh noch lange über den Traum nach, den er seinen Freunden am großen Lagerfeuer erzählt hatte. Er versuchte, eine Bedeutung darin zu erkennen, eine wichtige Botschaft des Universums oder von wem auch immer. Aber es erschloss sich ihm keine. Dennoch machte sich ein sagenhaftes Lächeln in seinem Gesicht breit.

Dann plötzlich kam ihm ein verrückter Gedanke: Was, wenn er einmal sterben würde? Würde er dann diese Freunde aus dem Traum wiedersehen?

Diese Gedanken waren anstrengend nebst dem Aufstieg Richtung Tisenjoch. Darum entschied Luh, sich ein Frühstück zu gönnen. Er suchte sich einen angenehmen Rastplatz und packte getrocknetes Steinbockfleisch und Rehfleisch aus, ein Brötchen aus Einkorn und ein Glas Schokostreichcreme.

Und jetzt hier, in seiner Welt, war er besonders fasziniert von dem Material, in dem die Schokocreme aufbewahrt war. Er wusste, dass er hier einen unbezahlbaren Schatz in Händen hielt, und genoss daher umso mehr sein Frühstück.

Als er damit fertig war, stieg er weiter auf zum Tisenjoch, weil er sicher war, dort einige Schafe zu finden.

Was er aber dort fand, war der Tod. Der sich in einem brennenden Schmerz durch seine Schulter bohrte. Kru hatte aus sicherer Entfernung einen Pfeil auf ihn geschossen.

Luh ließ seinen Bogen fallen und ging zu Boden. Um den Schmerz erträglich zu machen, streckte er beide Arme nach rechts und blieb so liegen. Durch den Sturz öffnete sich sein Ledersack mit dem Proviant und das Glas mit der Schokocreme rollte einige Meter nach unten.

Luh sah sein ganzes Leben an sich vorbeiziehen. Dann das Gesicht einer wunderschönen Frau, wie er es hier in seiner Welt noch nie gesehen hatte. Zwischendurch musste er lachen, weil er das Gesicht von Charly sah, der ihm lustige Geschichten erzählte.

Luh hatte keine Angst, denn er hatte das starke Gefühl, dass es das noch nicht gewesen sein konnte.

Als Kru Stunden später zurück ins Dorf kam, überbrachte er die Kunde, dass man Luh oben am Joch gefunden hätte. Er sei von einem Blitz erschlagen worden. Ein solcher Tod galt zu Luhs Zeiten als die schlimmste Strafe des großen Pah, der im Himmel wohnte. Kru hatte keine Ahnung, dass es umgekehrt war und Menschen dadurch auch wieder ins Leben zurückkamen.

„Aber es war ja heute das große Blau", merkte We Gar an und musste dafür einen harten Faustthieb des Kru einstecken.

„Es war die Strafe für seine bösen Gedanken und Geschichten", postulierte Kru, der von nun an die Leitung des Dorfes übernahm.

We Gar entschied sich deshalb noch am selben Tag, das Dorf zu verlassen. Er ging zurück in seine Hütte und packte seine Notizen zu Luhs Geschichte ein.

Als We Gar talauswärts marschierte, kam von Süden her schlechtes Wetter auf.

Es schneite tagelang, sodass auch Kru nicht noch mal den Aufstieg aufs Joch wagte. Er hätte zu gerne Luhs Kupferbeil und andere Gegenstände aus seinem Besitz geborgen.

Erst Wochen später war wieder ein Aufstieg möglich. Aber von Luh war durch all den Schnee keine Spur mehr zu finden.

Im Dorf war Luh samt seiner verrückten Geschichte bald vergessen. Und so vergingen die Jahre, Jahrzehnte, Jahrhunderte und Jahrtausende.

Epilog

Tausende Jahre später fanden zwei Touristen am Rande eines Gletschers in den Ötztaler Alpen eine Gletschermumie, deren Alter erst Tage später ermittelt wurde.

Im Sommer darauf wanderte eine Gruppe von Studenten der Ur- und Frühgeschichte der Universität Innsbruck aufs Tisenjoch, um Ausgrabungen und Erhebungen zum Fund der Gletscherleiche zu machen. Dabei wurden noch einige Gegenstände aus seinem Besitz geborgen.

Am Rande der Grabungen stolperte eine besonders engagierte Studentin über ein Glas mit Schockoaufstrich. Sie wunderte sich kopfschüttelnd über jene Idioten, die das Glas auf den Gletscher mitgenommen und es dann in der Landschaft liegen gelassen hatten, und steckte es in ihren Rucksack.

Als sie am Abend zurück ins Tal kehrte, wollte sie das Glas in einen Altglascontainer werfen. In dem Moment, als sie es zur Hand nahm, schossen ihr eigenartige Gedankenblitze, eine Art Déjà-vu, durch den Kopf: Ötzi mag Nutella, stand da auf einem Buchcover, das sie als Direktorin des Archäologiemuseums in Händen hielt. Sie hatte eine eigenartige Gänsehaut. Nach kurzem Zögern warf sie jedoch kopfschüttelnd das Glas in den Container am Parkplatz vor der Gletscherbahn.

27 Jahre später wurde am selben Parkplatz ein verwirrt scheinender, ehemaliger Stadtpolizist der Gemeinde Bozen vom Bergrettungsdienst zwei Sanitätern übergeben. Diese wickelten den unterkühlten Mann, der seit Monaten abgängig war, in eine Decke und schnallten ihn auf einem Stuhl im Inneren des Rettungswagens fest.

Auf der Fahrt talauswärts sprach der Mann andauernd von einem Freund, der im Nebel verschwunden sei. Dann sagte er, dass er alles aufschreiben müsse. Denn in seiner Familie sei diese Geschichte schon seit Generationen immer wieder weitererzählt worden, und man müsse das Ganze festhalten, damit sich dieser ewige Kreislauf einmal durchbrechen lasse. Oder damit er erst richtig beginne, denn diese Geschichte könne so viel verändern im Leben der Menschen.

Die Sanitäter schauten sich an, und der jüngere der beiden fragte: „Doch besser gleich in die Psychiatrie statt in die Notaufnahme?"

Der zweite Sanitäter zuckte mit den Schultern.

Im Bezirkskrankenhaus angekommen, wurde dem Patienten zunächst ein Beruhigungsmittel gespritzt, dann entschied man eine Überstellung in das Landeskrankenhaus Abteilung Psychiatrie in Bozen.

Wenige Stunden später wartete vor dem Krankenhaus ein Rettungswagen mit einem Fahrer und einem Beifahrer. Der Beifahrer quittierte den Übernahmeschein, den ihm ein junger Krankenpfleger hinhielt. Als er die Unterschrift sah, meinte er nur: „Unterschrift wie von einem Doktor." So als hätte er geahnt, dass der Sanitäter vor seiner Pensionierung leitender Pathologe gewesen war.

Der Fahrer des Rettungswagens hatte natürlich keine Ahnung, wo in Bozen die Psychiatrie war, da half auch kein Schluck aus einer Wodkaflasche. Dafür machte er aber einen Abstecher zum Elternhaus des Charly Weger. Dort sollte es – nach Auskunft desselben – im Dachboden mehrere uralte Grafitplatten geben, auf denen eine Geschichte aufgekritzelt sei, die er nun in ein Buch übertragen wolle.

„Mindestens ein Buch", sagte Charly.

Charly dachte schon seit Stunden über ein passendes Pseudonym für die Veröffentlichung nach.

Nachdem die drei bei Charly zu Hause gewesen waren und gefunden hatten, wonach sie suchten, machten sie sich alle gemeinsam auf eine erneute Reise.

Ein englischer Freund war so nett, alles zu organisieren. Am Flughafen in Bozen wartete ein Helikopter, der Charly Weger gemeinsam mit einer Gruppe von Freunden noch am selben Tag auf die Insel Stromboli brachte. Dort wollten sie sich von den Strapazen der letzten Wochen erholen und diese verrückte Geschichte zu Papier bringen.

Und falls noch Zeit übrig blieb, auch einen Plan schmieden, der mit Strudelwürmern und Wurmlöchern zu tun hatte. Aber das ist eine andere Geschichte.

Inhalt

Teil 1: Finden 9
    1 Karma Lounge 10
    2 Die Splittergruppen 18
    3 Luhanamo 26
    4 Die Entität 29
    5 Fracking News 36
    6 Fremdgesteuert 43
    7 Die Zweckdienlichkeit 47

Teil 2: Verlieren 53
    8 Die Relativität von Zeit und Raum 54
    9 Theorie und Realität 58
    10 Konzertierte Aktion 66
    11 Mentale Hilfe 70
    12 Die Anlage 78
    13 Luhs Albtraum 81
    14 Der Albtraum der Helfer 83

Teil 3: Suchen 89
    15 Der Ausbruch 90
    16 Die Orientierungslosen 96
    17 Kleinbösingen Blues 102
    18 Die Schweizer Spur 109
    19 Wer Probleme sät, wird ernten 114
    20 Die Spürhunde 119
    21 Gefühlte Gefahren 123

Teil 4:	Erkennen	133
	22 Wahre Freundschaft	134
	23 Kollektive Fantasien	138
	24 Luhs Weg	142
	25 Ein langer Marsch	148
	26 In das Zurück	154
	27 In Verborgenes	160
	28 In Verschüttetes	165
Teil 5:	Konsequenzen	169
	29 In Geflutetes	170
	30 Eiskaltes Wasser	174
	31 Geschenk an die Heutlinge	180
	32 Der Abschied	183
	33 Die Korrektur der Geschichte	188
	Epilog	193

Zu guter Letzt ist man immer am Anfang

Danke an Luh für all die unglaublichen Begegnungen. Denn das ist eigentlich das Beeindruckteste am Schreiben dieser Trilogie oder, besser gesagt, an dem, was rundherum geschah: Da lernt man plötzlich Menschen neu kennen, anders kennen und natürlich begegnet man Menschen, denen man sonst wohl gar nicht begegnet wäre. Allein schon deshalb hat sich das Schreiben dieser drei Bücher nebst all dem Spaß ausgezahlt. Deshalb geht das größte Danke an den Ötzi, dass er grad im richtigen Jahrhundert ausgeapert ist. Nach ihm danke ich natürlich den tollen Menschen von Raetia, den begeisterten und, nicht zu vergessen, den kritischen Lesern. Von denen habe ich besonders viel gelernt.
Und dann bin ich natürlich unendlich dankbar, dass diese Geschichte um den Ötzi erst ganz am Anfang steht. So wie es aussieht.

Eppan, 5. Februar 2019

Die Reanimo-Trilogie

Das unendlich komplizierte Leben
der Leiche Ötzi
Reanimo, Band 1
ISBN 978-88-7283-606-4
ISBN E-Book 978-88-7283-619-4

Die unglaubliche Reise des Bruder
Luh, früher bekannt als Ötzi
Reanimo, Band 2
ISBN 978-88-7283-620-0
ISBN E-Book 978-88-7283-644-6